尘界与天界

汪曾祺十二讲

王干 著

江苏凤凰文艺出版社

代序 / 像汪曾祺那样生活

很多歌消失了。

汪曾祺在《徙》的开头写道。

很多人也消失了。汪曾祺也消失了。他的"歌声"依然在文坛回荡,他的文字永远不会消失。

汪曾祺,一个奇怪的名字,就这样躺进了文学史。

很多人喜欢汪曾祺,有人甚至是疯狂地喜欢。汪曾祺像一阵清风在中国文坛刮过,让人眼前一亮,哦,小说可以这么写!现在的年轻人体会不到当初我们读到汪曾祺的那种新奇、兴奋和不安,《异秉》《受戒》《大淖记事》《陈小手》那样一批小说让好多的评论家和学者大跌眼镜,也让年轻的作者和读者如痴如醉,有人这样评论汪曾祺的小说,"初读似水,再读似酒"。奇怪的是当时正是现代派和先锋派大行其道的时候,仿佛是一种讽刺，汪曾祺以地道的汉语风味广受青睐。年近六旬的作家成为年轻人的偶像，包括好多狂傲的、自以为是的先锋派和后来以国际性写作为标准的准国际作家，也在老先生面前甘作弟子。

我第一次读汪曾祺的小说，并不是在他大红大紫的时候，而是在"文革"期间。我小学毕业的暑假在外婆家，从四舅的抽屉里翻到了一本旧的《人民文学》，上面有一篇小说叫《王全》，很耐看，也觉得有点怪，印象极深，但并不知道是汪曾祺写的，直到后来看到《汪曾祺小说选》时，才恍然大悟。很多人都是因为读了《受戒》《大淖记事》才慢慢了解汪曾祺的，我则是读了《异秉》之后就对汪曾祺感兴趣的。《异秉》当时发在顾尔镡主编的《雨花》上，很少有刊物转，也很少有人评介，而那一年我恰巧订了《雨花》。《异秉》我看了的第一感觉是像1949年前的人写的，与我父辈的生活极其相似，更重要的是小说的功力力透纸背。等读到《受戒》《大淖记事》之后，就更加激动了。不仅因为他写的是家乡的生活，更因为他把1949年前的生活也写得那么美。孙犁也是写生活美的高手，但他写的都是劳动人民，而且都与抗战有关。汪曾祺写的都是市井，与抗战也无关，最让我震惊的是他在《大淖记事》里写到巧云被刘号长奸污之后，居然没有《白毛女》里那种愤怒和反抗，"巧云破了身子，她没有淌眼泪，更没有想到跳到淖里淹死。人生在世，总有这么一遭"。我原先脑子里的阶级斗争观念一下子被击穿了。刘号长与巧云是压迫与被压迫的关系，巧云居然没有"哪里有压迫，哪里有反抗"（后来锡匠们还是游行反抗了），还有她的贞洁观呢？《大淖记事》没有简单地搬用阶级斗争的观念和道德的观念来写小说，这在20世纪80年代初还是需要勇气的。当然，老先生没有想那么多，他只是让小说写得更生活化一些。我读汪曾祺的小说，经常产生这样的念头，哦，原来生活是这样的，哦，原来日常生活也这么美好！因为景慕汪曾祺的小说，一段时间我竟能整段整段地说出来。心想，什么时候能见老先生一面多好。1983年我第一次到北京，最想见的人便是汪曾祺，便查地图找到北京京剧院，我倒了好几趟车终于找到了京剧院。我以为京剧院也像我们的机关一样正常上班，可找了半天，才撞到一个人，他说汪曾祺在七楼编剧室上班，我欣喜若狂，爬上七楼，可整个楼层一个人也没有，我又到六楼、五楼、四楼，没有一个人上班。就像今天那些追星族，我在京剧院空等了半天。

1981年秋天，阔别家乡40年的汪曾祺回乡了，当时我的女朋友打电话告诉我，你崇拜的汪曾祺要做学术报告。我便从百里之外的兴化坐了四五个小时的轮船，再转汽车赶到了高邮。这一折腾，从早晨六点出发，到高邮百花书场，已是下午两点半了，我匆匆进入会场，还好，报告还未开始。不一会，汪曾祺来了，我远远觉得他满面红光，精神劲儿十足，他滔滔不绝地讲了三个小时，谈自己的小说，也谈鲁迅，也谈沈从文、孙犁，也谈契诃夫、艾略特、舒婷。他谈兴浓烈，只是天色已晚，他意犹未尽。他谈的不是文学外部的东西，而都是关于艺术本体、内部结构方面的见解，尤其是他对文学语言的阐释颇为深刻。当时一些人谈论文学本体以外的内容往往津津有味，头头是道，可一进入艺术内部结构只是泛泛一带而过，而汪曾祺却能游刃有余，深谙三昧。二十出头的我第一次见到这么优秀的作家，也是第一次听到如此的文学真经，我仿佛站到高山之巅，领略到无限风光。我当时几乎把他讲的话全部"吃"进了肚子里，像一块海绵吸足了水分。从百花书场里出来，我觉得自己有些微醺，被陈年老酿"灌"的。到现在，他说的那些话，我还记得很清楚。

我能够走上文学评论的道路，也是因为与汪曾祺的不解之缘。1982年，我看到《北京文学》上汪曾祺的短篇小说《鉴赏家》，爱不释手，后来我和两位同学合写了一篇万字的评论，比小说还要长。后来索性扩展开去，写成了《论汪曾祺短篇小说的艺术风格》一文，投给当时的《文学评论》，没想到这家权威的刊物居然准备录用。我们有些不相信这是真的。因为《文学评论》太大了，也太难发文章了。迄今为止，《文学评论》依然是评论界权威的刊物之一，而在20世纪80年代则是绝对的"No.1"。尽管后来因为一些原因这篇文章发在《文学评论丛刊》25期上，但这依然树立了我们在文学上的信心，更是把我们推到了文学评论的一个前沿地带，确立了主攻的方向。自那开始，我就一发而不可收，在文学评论的道路上，一直走到现在。虽然不是汪曾祺直接把我带上文学评论的路，但因为阅读他的作品，提高了我的文学鉴赏力，以此作为文学评论的一个基本的参照，自然是一个比较高的起点。

汪曾祺对中国文坛的影响，特别是对年轻一代作家的影响是巨大的。在风行现代派的20世纪80年代，汪曾祺以其优美的文字和叙述唤起了年轻一代对母语的感情，唤起了他们对母语的重新的热爱，唤起了他们对民族文化的热爱。80年代是流行翻译文体的年代，一些作家为了表现自己的新潮和前卫，大量模仿和照搬翻译小说的文体，以为翻译家的文体就是现代派的文体。我们现在从当时的一些著名的作品就可以看到这种幼稚的模仿，尤其在"寻根"浪潮中涌起一些"唯《百年孤独》是瞻"的现象。汪曾祺用非常中国化的文风征服了不同年龄、不同文化层次的人，且显得特别"新潮"，让年轻人重新树立了对汉语的信心。

汪曾祺在他的作品中，很少大波大澜，很少戏剧性，写的都是极其日常的生活、极其平常的生活，可依然时时闪现着文学的光彩。写日常生活，写市井生活，很容易沉闷，也很容易琐碎，但也是最容易见人性的。汪曾祺用他的实践告诉我们，日常生活也是文学，甚至是文学非常重要的一部分。我以前一直对写实的日常的作品有偏见，可阅读研究了汪曾祺之后，我改变了自己的观念，并在此基础上，对写实作品特别是"新写实"小说进行了较早的开发和研究。

汪曾祺不仅改变了我的文学观念,也影响了我的生活观念。因为老乡的缘故,也因为研究他作品的缘故,我和他本人有了很多的交往,我发现他不仅是在小说中审美,在日常生活中也是按照美的原则进行生活的。可以说,他的生活完全是审美化的。比如,他喜欢下厨,且做得一手美妙的家常菜,他是有名的美食家,他认为那也是在做一部作品,并没有因为锅碗瓢勺、油盐酱醋影响审美。我是有幸多次品尝到他手艺的人,他做的菜也像他写的作品一样,数量少,品种也不多,但每次都有那么一两个特别有特点。我最后一次吃到他做的菜,是在他去世前的半个月,那天有个法国人要吃正宗的北京豆汁,汪曾祺就做了改进,加了一点羊油和毛豆熬,他告诉我说,豆汁这东西特吸油,猪油多了又腻,正好家里的羊油又派不上用场,羊油鲜而不腻,熬豆汁合味。他说"合味"的"合"发的是高邮乡音 ge。这豆汁果然下酒,我俩把一瓶酒喝了。之后他送我到电梯口,没想到,这成了永诀。

热爱生活,在生活当中寻找诗意和审美,可生活并不全是诗意和审美,汪先生对此似乎毫无怨言,他身上那种知足常乐甚至逆来顺受的生活态度颇让我吃惊。很多人没有想到汪先生直到死前也没有自己的房子。他一直住他太太施松卿的房子,先在白堆子,后来在蒲黄榆,都是施老师在新华社分的房子。有一次我跟老先生开玩笑,你们家阴盛阳衰呀。老先生呵呵一笑，抽着烟，没有搭腔。也有人替汪曾祺打抱不平，向上面反映他的住房问题，后来由中国作协来解决，但汪的工作关系又不在中国作协，这个著名作家的房子问题就不了了之了。汪曾祺向我述说这件事时，一点也不恼怒，好像他早就知道自己的房子只能"挂靠"在太太那里。他在白堆子的住处我没有去过，但蒲黄榆的居所我去了无数次，没有客厅，稍大的一间做了客厅，太太和小女儿合住一间，他自己在一间六七平方米的小屋写作、画画、休息，很多的佳作就是在蒲黄榆的那间小屋里写出来的。蒲黄榆原是一个不起眼的地名，因为汪曾祺，很多人知道了这个地方。我最后一次见老先生，发现他搬到虎坊桥福州会馆街的一幢大楼，这一次，老先生有了自己的画室，他可以尽情画他的画了，他刚搬进去的时候兴奋得画个通宵。我以为是给他"落实政策"，可一问原来是大儿子汪朗把自己分的房子给父母住。汪朗是个孝子，他了解父母的心。汪曾祺在儿子的"大房子"走完了他人生的最后路程。

以后我碰到类似房子这种不公平的事再也不怨天尤人，汪曾祺用他的小说和生活告诉我们怎样生活是美好的，怎样才是"抒情的人道主义"。

2003年初稿完成于碧树园
改定于朝阳门

目　录

代　序　像汪曾祺那样生活　　*i*

第一讲　被遮蔽的大师
　　　　——论汪曾祺的价值　　1

第二讲　汪曾祺与传统　　17

第三讲　汪曾祺的现代性　　31

第四讲　汪曾祺与《史记》　　57

第五讲　汪曾祺的意象美学　　73

第六讲　汪曾祺的和谐美学　　87

第七讲　汪曾祺的书画美学　　103

第八讲　汪曾祺的民间性　　115

第九讲　汪曾祺与里下河文学　　133

第十讲　吃相与食相
　　——汪曾祺小说中的"吃"与散文中的"吃"　149

第十一讲　汪曾祺小说精讲　165
　　《岁寒三友》的"寒"　167
　　有志者的困局——重读汪曾祺的《徙》　181
　　《鉴赏家》的"赏"　194
　　《桥边小说》的"边"　206
　　《故里三陈》的"三"　216

第十二讲　汪曾祺出版热　225

附　录　汪曾祺印象小辑　237
　　美食家汪曾祺　239
　　汪曾祺印象记　243
　　"晚饭花""野茉莉"——夫子自喻　250
　　赤子其人　赤子其文　259
　　汪氏父子之美食　267

后　记　271

第一讲

被遮蔽的大师——论汪曾祺的价值

我们一直呼唤大师，也一直感叹大师的缺席，但我们常常容易忽略大师的存在，尤其是大师在我们身边的时候，我们会选择性地"色盲"。有一个作家去世十八年了，他的名字反复被读者提起，他的作品反复重版，年年在重版，甚至比他在世的时候，出版的量还要大，我们突然意识到一个大师就在我们身边，而我们却冷淡了他，雪藏了他。

他就是汪曾祺。

翻开当代的文学史，他的地位有些尴尬，在潮流之外，在专章论述之外，常常处于"还有"之列。"还有"在文学史的编写范畴中，常常属于可有可无之列，属于边缘，属于后缀性质，总之，这样一个大师被遮蔽了。

汪曾祺为什么会被遮蔽？有其现实的合理性。纵观这些年被热捧的作家常常是踩到"点"上，引发了人们的关注和围观。那么这个"点"是什么？"点"又是如何形成的？

形成中国文学的"点"，大约需要纵横两个价值标杆。纵坐标是沿袭已久的革命文学传统价值，横坐标则是外来的文学标准。在1978年前，这个外来标准是由苏联文学的传统构成，稍带一点俄罗斯文学的传统，比如列宁肯定过的"俄国革命的一面镜子"托尔斯泰等；而1978年以后的外来标准则偏重欧美现代主义文学体系。而汪曾祺的作品，则恰恰在这两个价值标杆之外。

先说革命文学传统。这一传统在鲁迅时代已经形成，这就是"遵命文学"，鲁迅在《呐喊》的自序里明确提出要遵命，遵先驱的命。之后发展起来的新文学传统，将"遵命文学"的呐喊精神和战斗精神渐渐钝化，慢慢演化为"配合文学"，配合政治，配合政策，配合运动，到20世纪60年代开始发展到极致，最后变成了所谓的"阴谋文学"。改革开放以后的新时期文学，出现了"伤痕文学""反思文学""改革文学"，这些思潮在历史的进程中发挥着巨大的作用，而汪曾祺的创作自然无法配合这些重大的文学思潮，因而就有了"我的作品上不了头条"的感慨。汪曾祺对自己作品在当时价值系统里有一个清醒的认识。"头条"在中国文学期刊就是价值的核心所在。"我的作品和政治结合得不紧"，"不是也不可能成为主流"，"我的作品和我的某些意见大概不怎么招人喜欢","三十多年来,我和文学保持着若即若离的关系",这些话正好说明汪曾祺在文坛被低估的原因。苏北在《这个人让人念念不忘》一文中曾经记述了汪曾祺和林斤澜的一段往事:

晚上程鹰陪汪、林在新安江边的大排档吃龙虾。啤酒喝到一半,林忽然说:"小程,听说你一个小说要在《花城》发?"

程鹰说:"是的。"

林说:"《花城》不错。"停一会儿又说,"你再认真写一个,我给你在《北京文学》发头条。"

汪丢下酒杯,望着林:"你俗不俗?难道非要发头条?"

林用发亮的眼睛望着汪,笑了。

汪说:"我的小说就发不了头条,有时还是末条呢。"

叶兆言在谈到汪曾祺的作品时有一段话很有意思:"如果汪曾祺的小说一下子就火爆起来,结局完全会是另外一种模样。具有逆反心理的年轻人,不会轻易将一个年龄已不小的老作家引以为同志。好在一段时间里,汪曾祺并不属于主流文学,他显然是个另类,是个荡漾着青春气息的老顽童,虽然和年轻人的方式完全不一样,然而在不屑主流这一点上找到共

5

鸣。文坛非常世故，一方面，它保守，霸道，排斥异己，甚至庸俗；另一方面，它也会见风使舵，随机应变，经常吸收一些新鲜血液，通过招安和改编重塑自己的形象。毫无疑问，汪曾祺很快得到了年轻人的喜爱，而且这种喜爱可以用热爱来形容。"汪曾祺不屑于主流，主流自然也不屑于他，他被文学史置于不尴不尬的位置也就很自然了。

这也是目前的文学史对汪曾祺的评价过低的第一个原因。革命文学传统语境中的文学史评判规则所沿袭的苏联模式，简单地说就是政治标准第一，艺术标准第二。也就是说以革命的价值多寡来衡量作品的艺术价值。"上不了头条"的汪曾祺自然就难以占据文学史的重要位置，汪曾祺很容易被划入休闲淡泊的范畴，和林语堂、梁实秋、周作人一道，只能作为文学的"二流"。

长期以来新文学的评判标准依赖于海外标准。这个海外标准就是苏联的文学价值体系和西方文学尤其是以现代派文学的价值体系为主、外加派生出来的汉学家评价系统所秉持的标准。汉学家的评价系统是通过翻译来了解中国的文学作品的。而汪曾祺正好是最难以翻译的中国作家之一，渗透在他作品中的中国气息和中华文化，是通过他千锤百炼的语言精华来体现的，而翻译却将这样的精华过滤殆尽，汪曾祺的小说如果换成另一种语言就难以传达出韵味来。而在故事的层面汪曾祺的小说是没有太大的竞争力的，因为汪曾祺奉行的就是"写小说就是写语言"。翻译造成的语言的流失，无异于釜底抽薪。汪曾祺在这两个标准中都没有地位，是游离的状态，以苏联的红色标准来看，汪曾祺的作品无疑是灰色的。

1978年新时期以来的西方现代主义热潮为何又将汪曾祺置于边缘呢？

这要从汪曾祺的美学趣味说起。汪曾祺无疑受到西方现代主义文学的巨大影响，但汪曾祺心仪的作家却是国内现代主义热潮中不受追捧的阿索林，他写过一篇《阿索林是古怪的》，称"阿索林是我终生膜拜的作家"，在《谈风格》中他说到阿索林："他是一个沉思的、回忆的、静观的作家。他特别擅长于描写安静，描写在安静的回忆中的人物的心理的潜微的变化。他的小说的戏剧性是觉察不出的戏剧性。他的'意识流'是明澈的，覆盖着清凉的阴影，不是芜杂的，纷乱的。热情的恬淡，入世的隐逸。"而20世纪80年代一般人认为的现代派常常是喧嚣的、颓废的、疯狂的、不带标点符号的，叛逆而不羁，泥沙而俱下，我们从当时走红的两篇被称为"现代派"代表作的小说《你别无选择》《无主题变奏》，就可以看出它们是纷乱的、芜杂的、炎热的，宗旨是不安静的。之后出现的由《百年孤独》引发的拉美文学热，那种魔幻和神奇以及混合在魔幻和神奇之间的拉美土地的政治苦难和民族忧患，好像也是汪曾祺的作品难以达到的。

而汪曾祺所心仪膜拜的西班牙作家阿索林在中国的影响，

就远远不能和那些现代主义的明星相比了。这位出生于1875年、卒于1966年的西班牙作家,在民国时期被译作"阿左林",戴望舒和徐霞村合译过他的《塞万提斯的未婚妻》,卞之琳翻译过《阿左林小集》,何其芳自称写《画梦录》时曾经受到阿左林的影响。但即便如此,阿索林在中国翻译的外国作家里,还是算不上响亮的名字,很多研究现代文学的人也不见得了解多少,至今关于他的论文和随笔译成中文的也就20篇左右。阿索林在中国的冷遇,说明了汪曾祺在相当长一段时间内偏安一隅的境地是可以理解的。设想如果没有泰戈尔在中国的巨大影响,怎会有冰心在现代文学史的崇高地位呢?

汪曾祺游离于上述两种文学价值体系之外,不在文学思潮的兴奋"点"上,也就不难理解了。而今他在读者和作家中的慢热、持久的热,正说明文坛在慢慢消退浮躁:夸张的,现出原形;扭曲的,回归常态;被遮蔽的,放出光芒。当中国文学回归理性,民族文化的自信重新确立的时候,汪曾祺开始释放出迷人而不灼热的光芒来。

汪曾祺的光芒来自他无人能替代的独特价值。汪曾祺的价值首先在于连接了曾经断裂多时的中国现代文学和当代文学。现当代文学之间的断裂是历史造成的,现代文学史上的作家在1949年后鲜有优秀作品出现,原因很多,有的是失去了写作的权利,有的是为了配合而失去了写作个性和艺术的锋芒。郭沫若、茅盾、巴金、曹禺等大师虽然有写作的可能,但艺术上乏善可陈，而老舍唯一的经典之作《茶馆》，按照当时的标准是准备作为废品丢弃的，幸亏焦菊隐大师慧眼识珠，才免了一场经典流失的事故。而1949年后出现的作家，在文脉上是刻意要和五四文学划清界限的，因而当代文学与现代文学隔着一道鸿沟。汪曾祺是填平这道鸿沟的人，不仅是跨越了两个时代的写作，更重要的是汪曾祺将两个时代天衣无缝地衔接在一起，而不像其他作家在两个时代写出不同的文章来。早年的《鸡鸭名家》和晚年的《岁寒三友》放在一起，是同一个汪曾祺，而不像《女神》和《放歌集》。最有意味的是，汪曾祺还把他早年的作品修改后重新发表，比如《异秉》等，这一方面表现了他艺术上的精益求精，同时也看出他愿意把现代文学和当代文学进行有效的缝合。这种缝合，依靠的不是言论，而是他自身的写作。

现在人们发现汪曾祺在受到他尊重的沈从文先生的影响外，还受到了五四时期另一个比较边缘化的作家废名的影响。废名是一个文体家，不过他在现代文学史上的境遇不仅不如沈从文，连前面说到的"二流"也够不上。但废名在小说艺术上的追求、对汉语言潜能的探索不应该被忽略。而正因为汪曾祺优雅而持久的存在，才使得废名的名没有废，才使得废名的作品被人们重新拾起，才使得文学史有了对他重新估评、认识的可能。这是对现代文学史的最好传承和张扬。布鲁姆在《影响的焦虑》一书中，曾经说到这样一个观点：不是前人的作品照亮后人，而是后人的光芒照亮了前人。汪曾祺用他的作品重新照亮了沈从文，照亮了废名，也照亮了文学史上常常被遮蔽的角落。

　　人们常常说到汪曾祺受到沈从文的影响，而很少有人意识到"青出于蓝而胜于蓝"。如果就作品的丰富性和成熟度而言，汪曾祺已经将沈从文的审美精神进行了扩展和延伸，发展到一个新的高峰。沈从文的价值在于对乡村的抒情性描写和摒弃意识形态的叙事态度，他从梅里美、屠格涅夫等古典主义作家那里汲取营养，开中国风俗小说的先河。汪曾祺成功地继承了老师淡化意识形态的叙事态度和诗化、风俗化、散文化的抒情精神，但汪曾祺将沈从文的视角从乡村扩展到市井，这是一个了不起的创举。一般来说，对乡村的描写容易产生抒情、诗化意味，在欧洲的文学传统和俄罗斯文学巨星那里，对乡村的诗意描绘已经有着庞大的"数据库"。在中国文学传统里，虽然没有乡土的概念，但是中国的田园诗歌以及由此派生出来的山水游记、隐士散文，对乡村的诗意描绘和诗性想象也有着深厚的传统积淀。而对于市井来说，中国文学少有描写，更少诗意的观照。比如《水浒传》，作为中国第一部全方位描写市井的长篇小说，取得了卓越的成就。但《水浒传》里的市井很难用诗意来描写，这是因为市井生活和乡村生活相比，有着太多的烟火气，有着太多的世俗味。但生活的诗意是无处不在的，人们常常说不是生活缺少诗意，而是缺少发现诗意的眼睛。汪曾祺长着这样一双能够发现诗意的眼睛,他在生活当中处处能够寻觅到诗意的存在。好多人写汪曾祺印象时,会提到他那双到了晚年依然透射出童心的眼睛。眼睛是心灵的外化,汪曾祺那双明亮的、透着童心的眼睛让他在生活中发现了一般人忽略或漠视的诗意。像《大淖记事》《受戒》这类乡村生活的题材自然会诗意盎然,在汪曾祺的同类题材作品中,这两篇的诗意所达到的灵性程度和人性诗意也是同时代作家无人能及的。而在《岁寒三友》《徙》《故里三陈》等纯粹的市井题材的小说中,汪曾祺让诗意润物细无声地渗透到日常生活的每一个角落。当然,或许有人说,描写故乡生活的"朝花夕拾",容易带着记忆和回忆的情感美化剂,容易让昔日的旧人旧事产生温馨乃至诗意的光芒,因为故乡是人的心灵的出发点,也是归宿点。但当你打开汪曾祺的《安乐居》《星期天》《葡萄月令》等以北京、张家口、昆明、上海为背景的作品,还是感到那股掩抑不住的人间情怀、日常美感。汪曾祺能够获得不同文化层次、不同地域的读者的喜爱,是有道理的。市井,在汪曾祺的笔下获得了诗意,获得了在文学生活中的同等地位,它不再是世俗的代名词,而是人的价值的体现。汪曾祺自己也意识到这种市井小说的价值在于"人"的价值,他说:"'市井小说'没有史诗,所写的都是小人小事。'市井小说'里没有'英雄',写的都是极其平凡的人。'市井小说'嘛,都是'芸芸众生'。芸芸众生,大量存在,中国有多少城市,有多少市民?他们也都是人。既然是人，就应该对他们注视，从'人'的角度对他们的生活观察、思考、表现。"可惜这样的文学创造价值被忽略太久。

　　就语言的层面而言，汪曾祺的老师沈从文可谓达到了炉火纯青的地步，他的叙述语言和人物语言都是那么的精确和自然。但不难看出，沈从文的小说语言显然带着新文学以来的痕迹，这个痕迹就是西方小说的文体，当然这就造成新文学文体与翻译文体形成了某种"同构"。在白话文草创时期，新文学的写作自然会下意识地接受翻译文体的影响，像鲁迅的小说语言和他翻译《铁流》的文体是非常相像的。沈从文在同时代的作家中，是对翻译文体过滤得最为彻底的作家，沈从文的小说语言带着浓郁的中国乡土气息和民间风味，也带着五四新文学的革新气息，但毋庸置疑，读沈从文的作品，很少会联想到中国的古典文化和中国的文人叙事传统。而汪曾祺比之沈从文，在语句上，平仄相间，短句见长，那种比较欧化的长句几乎没有，读汪曾祺的小说，很容易会想到唐诗、宋词、元曲、笔记小说、《聊斋志异》、《红楼梦》，这是因为汪曾祺自幼受到中国古典文化的熏陶，对中国文化的传统有着切身的体验和感受，比沈从文的野性、原生态要多一些文气和典雅。作为中国小说的叙事，在汪曾祺这里，完成了古今的对接，也完成了对翻译文体的终结。翻译文体对中国文学的影响由来已久，也促进了中国新文学的诞生，但是翻译文体作为舶来品，最终要接上中国文化的地气。汪曾祺活在现代文学和当代文学之间，历史造就了这样的机会，让人明白什么是真正的"中国叙事"。尤其是1978年以后，中国文学面临着重新被欧化的危机，面临着翻译文体的第二潮，汪曾祺硕果仅存地提醒着意气风发一心崇外的年轻作家，"回到现实主义，回到民族传统"。汪曾祺作为现代文学的过来人，在当代文学时期仍然保持旺盛的创作力，他不是那种只说不练的以前辈自居的过来人，他的提醒虽然不能更正一时的风气，但他作品的存在让年轻人刮目相看，心服口服。

汪曾祺的另一个价值在于他用作品激活了传统文学在今天的生命力，唤起人们对汉语言文字的美感。早在1980年代现代主义文学风起云涌的时候，他在各种场合就反复强调"回到现实主义，回到民族传统"，当时看来好像有点不合时宜，而现在看来却是至理名言，说出了中国文学的正确路径。过了30多年，当我们在寻找呼唤"中国叙事"时，蓦然回首，发现汪曾祺已经为我们提供了经典的文本。汪曾祺通过他的创作唤醒了沉睡已久的汉语美感，激发了那些隐藏在唐诗、宋词、元曲之间的现代语词的光辉，证明了中华美文在白话文时代同样可以熠熠生辉。传统文化的影响和传承渗透在汪曾祺作品的每一个角落，他的触角在伸向小说散文之外亦触及戏剧、书画、美食、佛学、民歌、考据等诸多领域，他的国学造诣润物细无声地滋润着读者。

汪曾祺的价值还在于打通了文学创作与民间文学的内在联系，将知识分子精神、文人传统、民间情怀有机地融为一体。五四以来的新文化运动，是现代知识分子对旧的文化的一次成功改造。一方面，由于五四作家大多有着深厚的古典文学底蕴，他们的作品虽然都是拿来主义的色彩比较浓，但因国学融入血液之中，他们的作品并不是白开水式的无味；另一方面，五四以来的文学存在着过于浓重的文人创作痕迹，不接地气。汪曾祺早期的小说，也带着这样的痕迹。而1949年之后的小说，则发生了巨大变化，他的小说文气依旧，但接地气，通民间，浑然天成。这种"天成"，或许是被动的，因为1949年后的文艺政策以毛泽东《在延安文艺座谈会上的讲话》为准绳，讲话的核心内容之一，就是文艺家要向民间学习，向人民学习。这让汪曾祺和同时代的作家必须放下文人的身段，从民间汲取养分，改变文风。而汪曾祺得天独厚之处在于，他和著名农民作家赵树理在《民间文学》编辑部共事五年，赵树理是当时文学界的一面旗帜，又是汪曾祺的领导（赵树理是副主编，汪曾祺是编辑部主任），汪曾祺很自然地会受到赵树理的影响，汪曾祺后来曾著文回忆过赵对他的影响。《民间文学》具体的编辑工作，也让他有机会阅读了大量来自全国各地的民间文学作品，据说有上万篇。时代的风气，同事的影响，阅读的熏陶，加上汪曾祺天生的民间情怀（早年的《异秉》就是市井民间的写照），让他对民间文学产生了浓厚的兴趣，并且将其融入自己的创作之中；而 1957 年在"反右运动"中被划成"右派"下放到远离城市的张家口乡村之后，他更加体尝到民间文化的无穷魅力。

他的一些小说章节改写自民间故事，而在语言、结构等方面处处体现出民间文化的巨大影响。已经有一些研究者对汪曾祺所呈现出来的民间文化的特点进行了多方面的研究。也许汪曾祺的"民间性"不如赵树理、马烽、西戎等人鲜明，但汪曾祺身上那种传统文化的底蕴是山药蛋派作家难以想象和企及的，雅俗文野在汪曾祺身上得到高度和谐的统一，在这方面，汪曾祺可以说是当代文学第一人。

汪曾祺是 20 世纪中国的文学大师，他的"大"在于融汇古今、贯通中西，将现代性和民族性成功融为一体，将中国的文人精神与民间的文化传统有机地结合，成为典型的中国叙事、中国腔调，他的作品是中国文学和文化的瑰宝，随着人们对他的认识的深入，他的价值将弥足珍贵，他的光泽将会被时间磨洗得越发明亮迷人。

2014 年 11 月 17 日

第二讲

汪曾祺与传统

汪曾祺的魅力为何经久不衰？他的魅力肯定与中国传统文化有着密不可分的联系。新时期文学曾经风行过多少大红大紫的作家，但很快烟消云散，汪曾祺生前文学地位不高，但他去世 20 年后，作品依然被人提及。当年比他地位高比他红的作家的作品很少有人提及，而汪曾祺的作品却如陈年老酒，随着时间的推移，散发着越来越迷人的芳香。

汪曾祺的魅力何在？为什么经久不衰反而"包浆"玉润如珠呢？

很多人把汪曾祺的魅力归结于传统文化的浸润。我的一篇文章在《文汇报》发表时，编辑起了一个颇为煽情的题目：《在汪曾祺的光辉里，有我们对传统的迷恋》。是的，我们是迷恋传统，但汪曾祺不是传统的代名词，汪曾祺的文学不只是对中国传统文化的演绎，更不是传统文学的翻版。

汪曾祺文学的"传统"容易被守成主义者当作对新文学、新思潮攻讦的武器，而一些在新中国成立后成长起来或者被充分认可的作家对汪曾祺又有几分的"不屑"，李建军在谈论汪曾祺与孙犁的那篇《孙犁何如汪曾祺》①的文章里，隐隐地说到了这一点。

把汪曾祺简单归结于"传统"文化的魅力或者说汪曾祺弘扬了传统文化，是只见其表不见内核的浅薄之见。在这样一个全球化多媒体的网络时代，汪曾祺能够历经时间的淘洗而依然散发出迷人的光辉，不只是简单的"传统"二字能够涵括的。

汪曾祺是在传统的文化熏陶中成长起来的，但汪曾祺同时又是在现代文学、外来文学、民间文学多种文化传统的丰饶的土壤里成长的，可以说汪曾祺是多种文化传统拼图的产物，是新旧、中外、古今文化交锋交融的一个奇妙的结晶体。

虽然一般将汪曾祺视为当代作家，之前的《中国现代文学史》也没有关于汪曾祺的论述，但近年来人们研究发现，汪曾祺在现代文学史上的地位不可忽视，或者说汪曾祺是深受现代

---

① 李建军：《孙犁何如汪曾祺》，《文学自由谈》2016年第4期。

文学传统浸润的。王彬彬教授在《"十七年文学"中的汪曾祺》一文中，详细研究《羊舍一夕》中鲁迅《野草》风格对汪曾祺小说的影响，颇有新意。当然，人们更看重的是沈从文和汪曾祺的师生关系，很多人论述汪曾祺与沈从文的师承关系，汪曾祺自己也曾多次撰文谈论沈从文对他的影响和教诲。毫无疑问，汪曾祺继承光大了沈从文开辟的中国小说的抒情精神、风俗画笔法和对人性的悲悯情怀，沈从文的小说品格是汪曾祺小说创作的基石，沈从文之于汪曾祺，当然是一种传统。

不仅沈从文，还有废名，对于汪曾祺也是传统。虽然在今天看来，废名和汪曾祺基本属于同时代人，但早出道的废名对于汪曾祺的影响不亚于沈从文的直接教导，汪曾祺在为《废名小说选集》写的序言《万寿宫丁丁响》中写道："因为我曾经很喜欢废名的小说，并且受过他的影响。但是我把废名的小说反复看了几遍，就觉得力不从心，无从下笔，我对废名的小说并没有真的看懂。""曾经很喜欢""受过他的影响"，这是汪曾祺的肺腑之言，而"曾经""受过"都表明是一种"过去时"，也就是说，因为"喜欢"，废名的小说已经自然融入汪曾祺的血液里，成为一种潜在的参照。布鲁姆在《影响的焦虑》一书里，说到文学史上的作品，"不是前人光辉照亮后人，而是后人的光辉照亮前人"，当年废名的小说可能一下子洞开了汪曾祺心中的诗情和禅意，而如今汪曾祺的光辉却照亮了废名在文学史上被遗忘的篇目，废名那些深藏在黑暗之中的作品因为汪曾祺而变得明亮。因为汪曾祺，废名也成为现代文学的一种传统。当年汪曾祺为废名作序时，感慨"废名的价值的被认识，他在中国现代文学史上的地位真正地被肯定，恐怕还得再过二十年"，这篇写于1996年的文字如今已经过去了21年，废名的价值也在逐渐被人们认识。

今年，方星霞出版了《京派的承传与超越：汪曾祺小说研究》，在这本专著中，方星霞认为汪曾祺是"最后一个京派文人"，为汪曾祺的研究拓展了新的维度。这个维度本身其实也说明汪曾祺的文学传统是和现代文学密不可分的。北京大学吴晓东教授对此书的评价也道出了汪曾祺与现代文学的渊源，他说，中国现代文学研究界这些年来也大体上形成了"后期京派"的一个研究热点，所谓"后期京派"，尤其是指20世纪40年代战后以复刊的《文学杂志》为中心所维系的"学院派"文学群体。主要代表人物既包括前期京派的沈从文、朱光潜、废名、李健吾、林徽因、凌叔华、梁宗岱、李长之等，也包括作为后起之秀的萧乾、芦焚（师陀）、田涛、袁可嘉、穆旦等，而汪曾祺也会被放在这个后期京派阵营中加以讨论。方星霞在本书的结语中称"京派前人或许预料不到，作为京派最后一员的汪曾祺在大约三十年后，以一己之力完成复兴的愿望，凭《受戒》重现京派的风采。可以说，汪曾祺虽然不是京派作家中创作最丰盛的，不是影响最深远的，但他与京派的关系非比寻常。笔者以为应当为京派的发展历程添加一段'复苏期'（一九八〇——一九九〇）以示全貌"。

汪曾祺晚年的小说创作是不是京派的复苏，我们可以继续讨论，京派与海派作为两个在现代文学史上影响巨大的文学流派，是不是有"复苏"的可能，尚不好说，就像王安忆写出了《长恨歌》之后，有人惊呼海派复苏了一样，不能把文学史的流变等同于简单的传承和复兴。但方星霞对汪曾祺京派身份的甄别，正说明新文学传统对汪曾祺的巨大作用。

都说汪曾祺是"最后一个士大夫"，而忽略了汪曾祺实则是一个很"洋气"的现代主义作家，他明确表示"我很年轻时是受过现代主义、意识流方法的影响的"，严家炎先生甚至认为，"到了汪曾祺手里，中国才真正有了成熟的意识流小说"。对于汪曾祺来说，"受过影响"，是"年轻时"的事情，他用"是……的"这样的句式，是含有几分骄傲和得意的，而他说这句话的当口儿，正是20世纪80年代所谓的"现代主义"思潮红极一时的时候，正是年轻人膜拜"现代派"最疯狂的时期。对汪曾祺来说，对"现代派"的热恋已经是过去时，而年轻人正是"现在进行时"。这样两个时态的差异，正好说明两代人的文学营养上的一个差异，当年轻人在"现代派"面前一副嗷嗷待哺状时，汪曾祺颇为意味深长地说了句"受过影响的"。也就是说，对于年轻人来说，现代派是乳汁一样的文学滋养，对于汪曾祺来说，乳汁已经吸收到身体内部，化为肌体了。也就是说，以现代主义为代表的外国文学的影响，在汪曾祺那里已经化为一种内在的传统，这也就是他在 20 世纪 80 年代一些追逐现代派的年轻作家那里被"高看一眼"的原因：他们在汪曾祺的小说里嗅到他们所要追寻、表达的内涵和方式。这也是 20 世纪 80 年代轰轰烈烈的"现代派"运动没有留下汪曾祺式的作品，也没有留下汪曾祺式的作家的原因。外国文学、现代派对于年轻人来说，是一种时尚，而对于汪曾祺来说已经是一种"传统"。

从具体的作品来看，汪曾祺早期的小说《复仇》《小学校的钟声》就是运用意识流的代表作，尤其是《小学校的钟声》明显受到伍尔夫《墙上的斑点》的影响，将物理时间和心理时间糅合起来。很显然，对汪曾祺来说，在现代派的接受上，还是一个"描红""临帖"的阶段，我们还是能够清晰地感受到汪曾祺对"意识流"乳汁的膜拜和吮吸，像 20 世纪 80 年代一些作家的作品。当我们读到他 40 年之后写就的短篇小说《星期天》时，发现"意识流"已经化为无形之物活在他的作品中。《星期天》依然是一篇关于学校的小说，这篇小说被郜元宝认为是一篇被忽略的杰作，当然也有人认为这这篇小说写的不像小说，太散了。《星期天》确实比较散，拉拉杂杂介绍几个人物，最后以一场舞会收场。没有中心事件，也没有中心人物，但从叙述的语感来看，作品里其实隐藏着一个"我"，因为这些人物是以一种"回忆""追忆"的腔调书写出来的，据郜元宝教授的研究，小说写的一些人物是有原型的，学校也是有原型的，然而整个小说是置于一种心理时间之中来叙述的。虽然小说句句都是写实，但小说的叙述者是不在现场的，叙述者在"星期天"这个时间之外，因而"星期天"是标准的物理时间，但却是以一种心理时间呈现出来的。所以，汪曾祺说"小说即回忆"，其实是他对意识流小说的一种美学的简化和提炼。因为写实小说强调的是在场感，而意识流是心理的感受，心理则常常不在场。所以，《星期天》尽管违背了小说的诸多常识，我们依然感觉到它是一篇优秀的小说，因为它把记忆的碎片复原到一个完整的物理时间当中。其实汪曾祺1980年代复出后的其他小说都有类似的特性，在心理时间中建构物理时间，而这正是意识流的基本"传统"。

汪曾祺所受到的外国文学的影响不仅仅是现代主义，也不仅仅是意识流，当然还有其他外国作家的作品，这里不得不说到西班牙作家阿索林，他说"阿索林是我终生膜拜的作家"，他用他的作品向阿索林致敬。同时他又说"阿索林是古怪的"，这个"古怪"可能是说阿索林的文体意识特别强烈，他打破了诗歌、散文、小说的界限，因而阿索林作为一种"传统"也自然活在汪曾祺对文体的顽强探索和实践当中。

最后谈一谈汪曾祺与中国文化传统的关系。和沈从文、废名等人相比，汪曾祺无疑更加具有中国文人气质和腔调，但传统对于汪曾祺来说，是很值得思考和研究的大问题。在

20世纪80年代，北京作家刘绍棠对于传统的热爱和呼吁，嗓音远远比汪曾祺要洪亮，也尖利。在小说创作中，刘绍棠也身体力行，他的运河系列的小说对古老乡土文化中的价值观念都是认同赞美的态度，遗憾的是他的作品反而没有能够流传下来。虽然当年刘绍棠曾经将汪曾祺、邓友梅拉入到自己的乡土文学谱写行列中，但乡土与乡土不一样，传统与传统也不一样。

汪曾祺无疑是接受了浓厚的传统文化教育的，从小就学习儒家经典，上小学时，祖父就为他讲解《论语》，并且教他写作小论文《义》，这是用以阐释《论语》，也是在学习掌握八股文的写作技巧。虽然汪曾祺自称对庄子的思想不甚了了，"我对庄子感极大的兴趣的，主要是其文章，至于他的思想，我到现在还不甚了了"，但庄子的审美思想还是对他产生了很大影响。其实即使是儒家，他接受的也是审美化了的儒家，他多次引《论语》中的《子路曾晳冉有公西华侍坐章》，认为"曾晳的超功利的率性自然的思想是生活境界的美的极至"。

虽然汪曾祺在多次演讲中提倡"回到民族传统，回到现实主义"，但传统不能与汪曾祺画等号，就像汪曾祺不能和现实主义画等号一样。汪曾祺对传统文化的热爱不是对"三纲五常""君君父父子子臣臣"的推崇，而是"超功利的率性自然的思想"，是"生活境界"，是"美的极至"。他的文学观并不高大上，"要有益于世道人心"，确立的是文学的底线，与鲁迅的"投枪匕首"说相比,显得有些软弱,和曹丕的"文章乃经国之大业,不朽之盛事"的宏大叙事相比,汪曾祺的"有益说"只是文学的最低目标。在"文以载道"的文化传统里,汪曾祺标榜自己是"抒情的人道主义",与载道意识哪是一回事?在具体的价值观上,与儒家文化甚至有些格格不入,在《大淖记事》中被汪曾祺写得仙境似的大淖,却是儒家看来的"化外之地":"这里的颜色、声音、气味和街里不一样。这里的人也不一样。他们的生活,他们的风俗,他们的是非标准、伦理道德观念和街里的穿长衣念过'子曰'的人完全不同。""子曰"在这里显然不是一个赞美词,而大淖人的生活,则近乎"超功利的率性自然"的"生活境界"。前面说到刘绍棠的运河系列小说,那里面的女性虽然来自村野却白莲花般贞洁,往往性情刚毅,如果遭遇到调戏或侮辱,往往会投河自尽,而汪曾祺笔下的巧云,则不那么贞烈,甚至也没有极度痛苦,只是遗憾:

  巧云破了身子,她没有淌眼泪,更没有想到跳到淖里淹死。人生在世,总有这么一遭!只是为什么是这个人?真不该是这个人!怎么办?拿把菜刀杀了他?放火烧了炼阳观?不行!她还有个残废爹。她怔怔地坐在床上,心里乱糟糟的。她想起该起来烧早饭了。她还得结网,织席,还得上街。她想起小时候上人家看新娘子,新娘子穿了一双粉红的缎子花鞋。她想起她的远在天边的妈。她记不得妈的样子，只记得妈用一个筷子头蘸了胭脂给她点了一点眉心红。她拿起镜子照照，她好像第一次看清楚自己的模样。她想起十一子给她吮手指上的血，这血一定是咸的。她觉得对不起十一子，好像自己做错了什么事。她非常失悔：没有把自己给了十一子！

遗憾！这是巧云遭遇不幸的反应，会让持封建传统节妇观的人大失所望。曾经引起巨大争议的《小嬢嬢》，主人公的行为不仅超出传统道德伦理的界限，在今天也是有悖常理的选择。对于小说的主人公，是对于美好爱情的追求，对于汪曾祺，在这个有些反常态的爱情故事中，他是用审美的眼光去打量而不是用"子曰"的视角去审视。《鹿井丹泉》也是一个异数，在文坛没有引起太多的关注，这篇小说的素材来自汪曾祺家乡的一个民间传说，属于典型的子不语乱力怪神的范畴，但汪曾祺发现的依然是美。晚年的汪曾祺一心一意要写《新聊斋》，而《聊斋》是很难作为"国学"来定义的。

我说明汪曾祺作品中与"传统"相悖离的部分并不打算让读者误解汪曾祺是一个晚明"反封建斗士"李贽式的"愤青"，汪曾祺在小说里也常常传达中国文化的自信和温暖。《岁寒三友》传达出来的人情冷暖，又是中国文化所推崇的"义"和"侠"，松竹梅其实就是一种象征。《鉴赏家》里对知音的描写，也是中国文人情趣的一种追求。汪曾祺对中国文学传统、文化传统的承传依然是美学意义上的。在价值观上，他是冷静的，不是一味地膜拜和称赞。他说："我希望能作到融奇崛于平淡，纳外来于传统，不今不古，不中不西。"

2017 年 12 月 2 日
完稿于万山红宾馆

第三讲

汪曾祺的现代性

"现代性"是百年中国文学的一个关键词，在这个词周围，聚集了"启蒙""民族""历史""民主""自由""个人""人性""人民"等一系列的衍生词。近年来日渐受到学界和读者双重关注的汪曾祺，一般很少和"启蒙""拯救"这些现代性所包含的关键词联系起来，而往往将他视为"传统文化的代言人""士大夫文学的当代版"。

汪曾祺的现代性被忽略，是因为汪曾祺身上的民族性的传统元素太引人注目了，而文学界的一些加冕，比如"最后一个士大夫"之类的称谓又冲淡了他身上的现代性，加之汪曾祺日常生活中的随和平淡以及对名士风范的推崇也给人以"遗老"的印象，以为他是逍遥在江湖之外的隐士，与现代性是隔离的。其实这是一种错觉,汪曾祺能够在今天拥有这么多的读者,能够在文学史上继续熠熠发光,不是简单地用传统文化或文人精神能概括的。事实上,如果说回归传统文化,一些作家比他要彻底,比如刘绍棠;要说民族性,一些作家作品也比他要鲜明得多,比如1985年一些以"寻根"方式出现的"文化"小说(当年我也曾为此类小说撰写评论),而今这些作家和作品慢慢淡出人们的视野。时过境迁,为什么汪曾祺依然能获得人们的青睐呢?

人们对汪曾祺的现代性认识不够或者评价不够涉及两个方面的原因:一是狭隘的"现代性"的定义限制了我们对汪曾祺现代性内涵的理解;二是汪曾祺的现代性更多的时候是以潜文本的形式表达出来的,这种潜在的现代性不如那些流行于市面上的现代性容易识别,也造成了人们的误读。这一讲我们从"怨恨""小温""初心"三个方面来讨论汪曾祺的现代性的表现。

不"怨恨"的写作

"现代性"是研读现当代文学的一把重要的钥匙,但现代性本身的复杂也给我们谈论作家的现代性带来某种困惑,按照德国当代著名哲学家哈贝马斯的观点来看,现代性是一个"未完成的现代性",这种未完成性,正是现代性的魅力,也是现代性的某种陷阱。我们觉得汪曾祺的现代性不强,实际也陷入某种陷阱之中。

汪曾祺的现代性和流行的现代性在外在形式上是不一样的。研究现代性的几个主要哲学家马克斯·韦伯、哈贝马斯等人关于现代性的论述已经成为经典。但另外一些哲学家关于现代性的论述对于理解现代性也不可忽视。奥地利的现象学大师马克斯·舍勒在论述现代性伦理时，提出了怨恨理论，对现代性的阐释进入了心理学的层面。①学者赵一凡先生认为现代性的根本就是"反思和批判"，某种程度上也呼应了"怨恨理论"，因为怨恨是因，反思和批判是果，怨恨是心理行为，反思和批判则是行动行为。

马克斯·舍勒的怨恨理论认为现代社会的出现，主要是唤起人本主义对自然主义的反抗，个人主义对集体主义的反抗，世俗主义对神圣价值的反抗。怨恨理论作为现象学的延伸在于发现现代性当中的"怨恨"情绪对人们精神生活和心理情绪的影响。在"前现代"哲学理论尤其是信仰理论系统中，不提倡"怨恨"的精神。而市民社会的充分发展，尤其是大工业生产的流水线，让更多的人发现自身的价值，随之而来的平等、民主的理念也催生了他们对平等的渴望，渴望没有实现，必然产

---

① 我们现在说的现代性是一个很大的范畴内的概念，有很多的定义，现象学家马克斯·舍勒提出的"怨恨理论"从心理层面去论述现代性的产生，很有意义。马克斯·舍勒的"怨恨理论"其实是理解现代性伦理的最基本的哲学前提，但是或许"怨恨理论"被转引时，产生了误读误解，尤其后来与某种威权思想联系在一起，马克斯·舍勒的怨恨理论在中国被忽略了。

生"怨恨"的情绪。而新教伦理某种程度又默认甚至鼓励、煽动这种怨恨情绪的产生。法国大革命以来的人文主义的价值一方面建立在平等博爱的基础上,另一方面也建立在民众的"怨恨"情绪之上。

哪里有不平等,哪里就有怨恨;哪里有怨恨,哪里就必然爆发反抗。而现代性的启蒙就是要发现哪里有不平等,然后告诉那里的人们"你们是不平等的,你们要反抗"。启蒙其实是揭掉不平等的外衣,让遭受不平等待遇的人,发出平等的吁求,实现平等的行为。

虽然哲学家马克斯·舍勒的"怨恨理论"在当代中国没有受到足够的重视,但如果我们仔细考察整个现代文学尤其是现代小说,会发现其中弥漫着一种明显的怨恨情绪,鲁迅的《狂人日记》,就是以一种怨恨的方式进行叙事的。《狂人日记》里的"我"显然患有一种被迫害妄想症,所以他的叙述带着明显的怨恨。而《祝福》里祥林嫂那句"如果阿毛还在"的口头禅,也是一种怨恨。这种怨恨延续到《阿Q正传》,就更加明显了。同时期叶圣陶的《多收了三五斗》、茅盾的《春蚕》等小说都带着强烈的怨恨情绪,发泄对旧社会的不满。这种怨恨一直延续到21世纪初的"底层文学","底层文学"这个命名本身就带有一种怨恨情绪。当然,命名者也是带有一种优越感的,其实比之二层楼,一层是底层,即使十七楼比之十八楼,何尝又不是底层呢,这个有点像这些年流行的鄙视链。

新时期文学被人们称为五四以后又一轮启蒙思潮下的文学,是很有道理的,我们在那个时期的作品里读到了太多的抗争以及隐藏其背后的"怨恨"。作为深受五四新文学熏陶的汪曾祺,对于现代性的追求也从来没有放弃过,但他没有用一种怨恨的方式表达出来,而是委婉地通过人物的命运来呈现。比如关于爱的问题、关于爱情的问题,在今天是不会作为一个问题进行讨论的,但在20世纪70年代末期还是个"问题",刘心武率先用"主题先行"(刘心武语)写作《爱情的位置》[①],之后张洁又用女性的细腻而切肤的感受写作了《爱,是不能忘记的》[②]的短篇小说,当时都获得了巨大的成功,在读者当中更是有洛阳纸贵的热度。这两篇小说无疑是启蒙的,又带有某种"怨恨"的情绪,"爱情的位置"的潜台词是爱情在从前没有位置,"爱,是不能忘记的",是因为爱已经被忘记了,所以刘心武和张洁才呼吁爱、呼吁爱情。

几乎同时期,汪曾祺则写了《受戒》这篇伟大的小说,其实这篇小说说的也是"爱情的位置",表达的也是"爱,是不能忘记的"的主题,在小说的结尾,汪曾祺甚至用"写四十三年前的一个梦"来表示刻骨铭心、难以忘怀的爱情。这一在当

[①] 刘心武《1978年:为爱情恢复位置》写道:"在这种情况下,我决定构思一部作品,主题先行,题目一定要为《爱情的位置》。为爱情在文学艺术领域里恢复名誉,获得应有的位置。"载于《光明日报》2008年12月12日。

[②] 张洁后来不愿提及《爱,是不能忘记的》,有个人的原因,也有文学观念的变化,她的《无字》其实是对这个短篇的解构。

时富有时代意义的主题,但老先生却用和尚谈恋爱这样的不合时宜的故事来表达,有些人认为,和尚本应六根清净,让和尚谈恋爱,有点不成体统吧?以至于小说差点都不能发表,要不是当时的《北京文学》主编李清泉慧眼,这篇小说的命运不好想象。《受戒》的主题其实非常的"现代性",六根清净是对和尚的戒律,但明海的爱情是那么的纯洁那么的动人,闪烁着人性的光芒,我们还有理由不去爱吗?有趣的是,今天我们再读《爱情的位置》和《爱,是不能忘记的》,不仅不再激动,还会觉得有些"幼稚"和"矫情",而再读汪曾祺的《受戒》依然会感受到爱情的魅力和穿越时空的爱永不消逝的能量。

汪曾祺另一篇小说《寂寞与温暖》的创作过程更能说明他与当时文学话语的距离感。《寂寞与温暖》这篇小说写的是当时流行的"右派"受迫害的故事,但汪曾祺写得没有苦难感,甚至还在标题中使用了形容词,这在他的小说创作中是非常少见的。小说是在当时"伤痕文学""反思文学"最为热闹的时候写的,小说的内容也和当时的流行题材接近,都是被打成"右派"作家的"受难史",当时火爆的有从维熙的《大墙下的红玉兰》,之后有张贤亮的《绿化树》《男人的一半是女人》等名篇,都是通过"好人"受迫害的故事来写时代的创伤记忆,呼唤人性的复苏。

汪朗在《老头儿成了"下蛋鸡"》中写道:《寂寞与温暖》并不是爸爸主动要写的,而是家里人的提议。当时描写"反右"的事情的小说很多,像《牧马人》《天云山传奇》,影响都很大。妈妈对爸爸说:"你也当过'右派',也应该把这段事情写写。"在家里,妈妈绝对是说话算话的一把手。爸爸想了想,于是便写起来。写成之后我们一看:怎么回事?和其他人写的"右派"的事都不太一样。没有大苦没有大悲,没有死去活来撕心裂肺的情节,让人一点也不感动。小说里沈沅当了"右派",居然没受什么罪。虽然整她的人也有,关心她的好人更多。特别是新来的所长挺有人情味,又让她回乡探亲,又送她虎耳草观赏(这盆虎耳草显然是从爸爸老师沈从文先生的小说《边城》中搬过来的),还背诵《离骚》和龚自珍的诗勉励她。这样的领导,那个时代哪儿找去?纯粹是爸爸根据自己的理想标准生造出来的。不行,文章得改,向当时流行的"右派"题材小说看齐,苦一点,惨一点,要让人掉眼泪,号啕大哭更好。老头儿倒是没有公开反对,二话不说便重写起来。写完通不过,再重写一遍,一直写了六稿。最后一看,其实和第一稿没什么大区别,还是温情脉脉,平淡无奇。大家都很疲惫,不想再"审"了,只好由他去了。[①]

应该说,《寂寞与温暖》属于一篇创伤性的小说,里面的"右派"沈沅虽然是女性,更多的成分是汪曾祺的夫子自道。沈沅的身份取自他太太施松卿。施松卿是福建人,也是"海

[①] 汪朗、汪明、汪朝:《老头儿汪曾祺:我们眼中的父亲》,中国人民大学出版社 2000 年版。

归"，华侨后代，沈沅的"硬件"好像与汪曾祺无关，但下放农科所的经历确是汪曾祺自身的经历。汪曾祺被打成"右派"以后，下放到张家口一家农科所去"改造"。和很多"右派"作家的命运一样，汪曾祺被打成"右派"以及改造的经历无疑是充满苦难的，小说里沈沅遭受到不公平的待遇，被批判，被奚落，人格上受到侮辱，应该是汪曾祺的亲身体验。如果按照当时的"画风"来写，作为女性的沈沅可能还会受到性方面的侵扰，但是，在《寂寞与温暖》里面，汪曾祺只是写了寂寞，但寂寞的同时还有温暖，写了一个不太靠谱的胡支书和王咋呼外，还写了人世间的"温暖"，底层出身看似粗人的车倌王栓，在沈沅被打成"右派"之后给予了她生活下去的信心，新来的赵所长对沈沅的关心，既是对知识分子的尊重，也是对人的尊重。本该充满"怨恨"的小说，却被汪曾祺写成了"温暖"。所以这篇小说改了好几次，他们家里人也帮他出主意，说应该写点苦难，有点戏剧性，可汪曾祺改来改去，还是没有和当时的文学潮流接轨。《寂寞与温暖》在当时"伤痕文学"和"反思文学"的"怨恨"的底色上更多地写出了人与人之间相濡以沫的暖意，这与他"人间送小温"的文学思想有关。

我们也就能够明白汪曾祺说自己的小说不能"上头条"的原因，因为和当时的文学思潮不合拍，因为这时候的文学使用的是一种以"怨恨"为底色的拯救话语，我们看看后人对这些文学的命名，比如"伤痕文学""反思文学""改革文学"，都是针对现实或历史对人的伤害进行的"怨恨"式的书写。而汪曾祺的写作自觉远离这样的宏大命题,让人感受到更多的是寂寞中的温暖,这是发自内心的真诚的写作。他秉承的是沈从文那一路的"现代性",以人性的张扬和人的自由发展为小说的内动力。

"小温":叙述的现代性表征

汪曾祺在一首诗里写道:"我有一好处,平生不整人。写作颇勤快,人间送小温。""人间送小温"后来也成为汪曾祺的标签之一,"送小温"的语气和格局看上去和我们惯常见到的现代性写作也有些"隔",但"小温"本身包含的人文内涵在汪曾祺的写作中并不比那些"燃烧"的作家少。汪曾祺自己称之为"抒情的人道主义",而人道主义是现代性的本质所在。

"启蒙与救亡"被称为20世纪中国社会的主题,"启蒙"是对于民众个体而言,"救亡"则是对于国家和民族而言。无论是对个体还是对国家民族这样的大局而言,启蒙者扮演的都是拯救者的角色。启蒙是拯救灵魂,救亡则是拯救国家,中国新文学是以拯救的身份开始漫长的百年之旅的。鲁迅先生的一句"救救孩子"是来自"铁屋子"的呐喊,虽然没有惊动中国,但确实惊动了《新青年》的编者和作者,当然还有读者。这样一句来自"狂人"的振臂一呼,多少年后依然具有感染力。鲁迅先生的《狂人日记》之所以伟大，就在于抓住了一个前所未有的主题，"救救孩子"的呼喊，是救亡，也是拯救灵魂。而小说通篇表达出来的情绪都是"怨恨"，鲁迅之所以借着狂人的身份来表达，是因为那些话在当时的人们看来就像疯子一样不可理喻、不合时宜，必须借着一个不正常的人的口说出来，才有合法性。

"启蒙"和"救亡"这两个词都具有燃烧感，我们读到"启蒙和救亡"会想到燃烧的大火和熊熊的火焰，尤其会想到高尔基的小说《丹柯》里那个掏出了自己的心脏燃烧照亮前进道路的英雄。《丹柯》是一篇富有象征意义的寓言小说，小说写青年丹柯带领族人与敌人斗争，失败之后被敌人赶入荒无人烟的森林，为了不当敌人的奴隶，丹柯自告奋勇地带领大家走出黑暗的森林，但随之陷入了困境，迷失了方向，濒临死亡，一些人开始埋怨丹柯，关键时刻，丹柯剖开自己的胸膛，掏出了自己燃烧的心脏，高高举在头顶，像指路明灯一样，照耀着部族前进的道路，一直将部落带到阳光灿烂的草原上，丹柯才含笑死去。

比起丹柯的"燃烧"，汪曾祺的"小温"委实缺少一点崇高感和英雄感，"小温"确实没有拯救民众于水火的悲壮，汪曾祺确实也不以拯救者自居，这也是汪曾祺几十年来游离于主流话语之外的原因。在现当代文学史上，启蒙和救亡的话语占有绝对的主流地位，即使"十七年"间的红色经典的话语，在本质上也是一种"启蒙"的话语，只不过是民众开始"教育"知识分子，启蒙的双方掉了个。在《寂寞与温暖》中，沈沅的被"教育"，正是对启蒙的一种反讽。

和"人间送小温"同样广为人知的是汪曾祺的另一句话，这就是他在多个场合说过的，"文学要有益于世道人心"，这是汪曾祺文学观最简洁的表达，也是我们理解汪曾祺现代性的另一把钥匙。也就是说，作为逍遥者的汪曾祺不是真正的出世，而是入世的。他是充满人间情怀的，他对世道人心有自己关爱的方式，他在用自己的笔拯救美和灵魂，而不是冷漠和无视。

汪曾祺有一篇小说叫《虐猫》，写几个孩子虐待猫。但小说的结尾几个孩子不虐猫了，因为一个孩子的父亲不堪被虐，跳楼自尽了。小说很短，全文如下：

> 李小斌、顾小勤、张小涌、徐小进都住在九号楼七门。他们从小一块长大，在一个幼儿园，又读一个小学，都是三年级。李小斌的爸爸是走资派。顾小勤、张小涌、徐小进家里大人都是造反派。顾小勤、张小涌、徐小进不管这些，还是跟李小斌一块玩。
>
> 没有人管他们了，他们就瞎玩。捞蛤蟆骨朵，粘知了。砸学校的窗户玻璃，用弹弓打老师的后脑勺。看大辩论，看武斗，看斗走资派，看走资派戴高帽子游街。李小斌的爸爸游街，他们也跟着看了好长一段路。

后来，他们玩猫。他们玩过很多猫：黑猫、白猫、狸猫、狮子玳瑁猫（身上有黄白黑3种颜色）、乌云盖雪（黑背白肚）、铁棒打三桃（白身子，黑尾巴，脑袋顶上有3块黑）……李小斌的姥姥从前爱养猫。这些猫的名堂是姥姥告诉他的。

他们捉住一只猫，玩死了拉倒。

李小斌起初不同意他们把猫弄死。他说：一只猫，七条命，姥姥告诉他的。

"去你一边去！什么'一只猫七条命'！一个人才一条命！"

后来李小斌也不反对了，跟他们一块到处逮猫，一块玩。他们把猫的胡子剪了。猫就不停地打喷嚏。

他们给猫尾巴上拴一挂鞭炮，点着了。猫就没命地乱跑。

他们想出了一种很新鲜的玩法：找了四个药瓶子的盖，用乳胶把猫爪子粘在瓶盖子里。

猫一走，一滑；一走，一滑。猫难受，他们高兴极了。

后来，他们想出了一种很简单的玩法：把猫从六楼的阳台上扔下来。猫在空中惨叫。他们拍手，大笑。猫摔到地下，死了。

他们又抓住一只大花猫，用绳子拴着往家里拖。他们又要从六楼扔猫了。

出了什么事？九楼七门前面围了一圈人：李小斌的爸爸从六楼上跳下来了。

来了一辆救护车，把李小斌的爸爸拉走了。

李小斌、顾小勤、张小涌、徐小进没有把大花猫从六楼上往下扔，他们把猫放了。

刘心武在《班主任》里也写过类似的主题，他在小说的最后，像鲁迅那样发出"救救孩子"的呐喊。而汪曾祺全篇白描，没有呼吁，也没有悲伤的词语出现，但孩子们疯狂的举动，无疑是当时大人们行为的一个缩影，他们虐猫的种种手段，都是反人性的恶行。我们隐隐地听到汪老的无言之痛，孩子最后放猫的行为，是作家"拯救"的方式，也是孩子们自我拯救的开始。世道如何玷污人心，而人心怎么在世道中自我救赎？可以说，《虐猫》是关于救赎主题的作品，也是超越"伤痕文学"和"反思文学"的灵魂拯救之作。

汪曾祺的现代性不被重视，还在于汪曾祺叙述的现代性被遮蔽了。现代文明的核心是平等，有了这个前提之后才有博爱，才有民主的可能。如果不是平等，如果人与人之间有贵贱的区分，博爱就难以实施，民主的权利也就难以运用。表现到小说的具体叙述形态上，古典主义的叙述是建立在作者"一极"把控的基础上，所以叙述者是全知全能的"上帝姿态"，而汪曾祺不是以高出人物的姿态进行叙述，他选择与人物平等,这种叙述姿态决定了作家不可能是拯救者。拯救一般都是强者对弱者、智者对愚者的施救行为,当然拯救也带有某种强制的色彩,不是被拯救者渴望拯救者拯救,而是拯救者通过拯救来实现自己的启蒙。汪曾祺在作品中始终采取"众生平等"的姿态,对那些底层的匠人、学徒、小业主、闲散人员等都用一种友善的叙述态度来讲述他们的故事。曾经有人说过,《红楼梦》里没有大奸大恶的坏人,这也是《红楼梦》具有现代性的前提。在传统小说里,善恶分明、忠奸对立、美丑昭然,现代小说在表达现代性的时候强调"人物性格的复杂性",与古典小说的标签式人物塑造划分出一个界限。

　　汪曾祺小说中没有英雄,也没有大奸大恶,颇有点《红楼梦》的余韵。其实这与汪曾祺叙述的现代性有关,叙述表面看是个技术问题,叙述的姿态其实是个哲学问题。现代小说摒弃了全知全能的"神叙述",回归到人叙述正是对个体的尊重和呈现。但个体呈现的过程中,有一种就是强势的个人的启蒙话语,以自我为中心,话语系统带有排他性,这种就是我们常见的拯救者的话语。比如丁玲的《莎菲女士的日记》、张洁的《爱,是不能忘记的》,都是凌空的舞蹈。汪曾祺的"小温"话语,精华在于"贴到人物写"[①],这句沈从文传授给汪曾祺的

[①] "贴到人物写",汪曾祺有时也说"贴着人物写",据郜元宝考证,《沈从文文集》里没有检索到这句话,"贴到人物写"见于汪曾祺《沈先生在西南联大》一文,发表在《人民文学》1986年第5期。

秘诀，其实是现代性叙述的重要精华。贴着人物写，就不会凌驾在人物之上指手画脚，而是与人物同命运、共呼吸。我们在《岁寒三友》中看到三个相濡以沫的小业主，仿佛看到作家汪曾祺也在现场，隐匿在他们中间。"岁寒三友"是中国文化里的命题，但汪曾祺传达的则是现代人困顿中的暖意。而《异秉》结尾写几个学徒的荒诞的举动也隐含着汪曾祺的悲悯。小说中对人的尊重、平等的思想是现代性内核的充分体现。

汪曾祺自己在解释沈从文的"贴到人物写"时说："第一，小说是写人物的。人物是主要的，先行的。其余部分都是次要的，派生的。作者要爱所写的人物。沈先生曾说过，对于兵士和农民'怀了不可言说的温爱'。'温爱'，我觉得提得很好。他不说'热爱'，而说'温爱'，我以为这更能准确地说明作者和人物的关系。作者对所写的人物要具有充满人道主义的温情，要有带抒情意味的同情心。第二，作者要和人物站在一起，对人物采取一个平等的态度。除了讽刺小说，作者对于人物不宜居高临下。要用自己的心贴近人物的心，以人物哀乐为己的哀乐。这样才能在写作的大部分过程中，把自己和人物融为一体，语语出自自己的肺腑，也是人物的肺腑。"[①] "和人物站到一起""人道主义的温情"，是他叙述的姿态，也是小说的价值所在。

---

① 汪曾祺：《两栖杂述》，《晚翠文谈》，浙江文艺出版社1998年版。

王蒙在小说《笑的风》中通过作家傅大成的两次婚姻对婚恋的现代性问题提出了追问，小说第二十五章《谁为这些无端被休的人妻洒泪立碑》中写道："一连几天他昼夜苦想，他越想越激动，近百年来，中国多少伟人名人天才智者仁人志士专家大师圣贤表率善人，对自己的原配夫人，都是先娶后休的，伟人益伟至伟，圣人益圣至圣，善者益善至善，高人益高至高，而休弃的女人除了向隅而泣又有什么其他话可说呢？又能有什么选择？"[①] 现代性的要求是人人平等，人人自由，人人幸福，人人个性解放，但现代性不会认可一个人的幸福建立在另一个人的痛苦之上，一群人的幸福建立在另一群人的痛苦之上。汪曾祺没有在小说里通过议论的方式来表达这样的思想，但通过对人物的体谅和理解，来体现这样的现代性理念。《小嬢嬢》是汪曾祺小说中最有争议性的作品，这篇小说有悖传统理念，小嬢嬢的爱情犯了禁忌，但爱情本身又是真挚的、难以阻挡的，汪曾祺最后选择了让男女主人公出走，比那些男女殉情的小说少了很多悲剧性，也是人与人之间达成的某种默契。

《职业》是汪曾祺自己非常重视的一篇小说，他几次修改却没有引起评论家和读者的重视。这篇小说篇幅简短，故事也极为简单，写昆明文林街一个十一二岁的孩子卖西洋糕的故事。因为父亲去世，他本该读书的年龄却要去谋生，后来给糕

---

① 王蒙：《笑的风》，作家出版社 2020 年版。

点铺打工，晚上发面，一大早帮师傅蒸糕、打饼，白天敲着木盆去卖，"椒盐饼子西洋糕"，在文林街的叫卖声中，这样的童声很好听，引起了放学的孩子的模仿，"捏着鼻子吹洋号"，学生自然不是什么恶意，卖糕的孩子自然也不会生气。忽然有一天，这个孩子没有做生意，去外婆家吃饭路上，见周围没有人，他自己模仿那些孩子吆喝起来："捏着鼻子吹洋号"。小说戛然而止。

为什么汪曾祺如此重视这篇小说？小说里除了不厌其烦地描写各种叫卖声外，就是小孩子的自我模仿，还有其他深意吗？其实这篇小说是通过"声—生"的结构，通过声音来展现人的生存状态，每一种叫声后面都是不一样的人生。而聚焦到这个孩子身上，按照我们现在的文学逻辑，这个孩子是底层的，是苦难的，小说也有对比，那些背着书包上学的孩子和背着木盆的他，属于不同的命运。小学生对他的模仿，是一种友善的游戏，"捏着鼻子吹洋号"，是一种潜在的戏弄、玩耍，本来是童年游戏的一种。而这个孩子趁着无人，对"捏着鼻子吹洋号"的模仿，却有着很复杂的情绪在里面：童心，这个孩子虽然已经打工，但是童心未泯，游戏和玩耍的心情说明还是个孩子；羡慕，上不到学的孩子，对上学的孩子是羡慕的，小说没有写这种羡慕，但这样一个角色置换的举动，说明孩子对他们身份的认同，模仿本身就是一种学习，潜藏着孩子对他们学习生活的渴望；悲凉，孩子等周围没有人才敢于模仿，说明他这种内心冲动已久，但不能公开表达，只能在没有人的时候才"捏着鼻子吹洋号"。

汪曾祺在《职业》里表达的对弱者的温情是委婉的，他通过两类孩子的对比来体现，都是孩子，有的孩子在学校读书，有的孩子已经谋生（所谓职业）。按照拯救者理论，这个卖糕的孩子属于被拯救的，但他没有怨恨，只是通过模仿来释放某种向往和羡慕。其实表达的也是高玉宝"我要读书"的主题，高玉宝的《我要读书》是带着怨恨和愤怒的，作者也是想救苦孩子出苦海的，但《职业》没有摆出拯救者的姿态，而是努力贴着孩子的心理，去感受孩子的内心。鲁迅有诗句"敢遣春温上笔端""怒向刀丛觅小诗"，《职业》的笔端是"春温"般的同情，而不是"怒向"的愤怒和控诉。

"人间送小温"首先要有人间情怀，汪曾祺确实为我们创造了丰富的人间世界，无论是高邮的大淖还是北京的安乐居，无论是佛教受戒的寺庙还是烟火气浓郁的文林街，汪曾祺都是通过平等的叙述、贴着人物的自身感受来表达他的爱怜和悲悯。

初心：蹚过意识流的河流

艺术大师吴冠中是画界翘楚，其作品受到国内外各界人士的欢迎，被称为中国画的新高峰。而吴冠中早年却是在法国学习油画的，因为将西方美术的精华融入中国画的创作中，才让他的中国画水平超越了前人,成为新的艺术坐标。汪曾祺的作品与吴冠中有异曲同工之妙,早年的汪曾祺也是痴迷于西方现代派的,尤其是痴迷于伍尔夫的意识流小说,加上他深厚的中国文化的底蕴,才获得如此卓越的成就。如果年轻时没有西方现代主义的影响,传统文化是不会在汪曾祺的笔下释放出如此的魅力的。

他在《西窗雨》中写道:"英国文学里,我喜欢弗·伍尔夫。她的《到灯塔去》《浪》写得很美。我读过她的一本很薄的小说《狒拉西》,是通过一只小狗的眼睛叙述伯朗宁和伯朗宁夫人的恋爱过程,角度非常别致。《狒拉西》似乎不是用意识流方法写的。"[1] 对另一位同样尊崇的作家阿索林,他这样写道:"我很喜欢西班牙的阿索林,阿索林的意识流是覆盖着阴影的、清凉的、安静透亮的溪流。"[2]

20世纪80年代,意识流在文学界引起了某些人的非议,汪曾祺甚至为此打抱不平:"意识流有什么可非议的呢?人类的认识发展到一定阶段,就会发现人的意识是流动的,不是那样理性,那样规整,那样可以分切的。意识流改变了作者和人物的关系。作者对人物不再是旁观,俯视,为所欲为。作者的意识和人物的意识同时流动。这样,作者就更接近人物,也更接近生活,更真实了。意识流不是理论问题,是自然产生的。"[3]

---

[1][2][3]　汪曾祺:《西窗雨》,《外国文学评论》1992年第2期。

"意识流"成为年轻作家的热门话题,像是他们觅到了新式武器,而这种"新玩意儿"在40年前,汪曾祺就曾经熟悉并运用过,汪曾祺明确表示"我很年轻时是受过现代主义、意识流方法的影响的"①,严家炎教授甚至认为,"到了汪曾祺手里,中国才真正有了成熟的意识流小说"②。对于汪曾祺来说,"受过影响",是"年轻时"的事情,他用"是……的"这样的句式,是含有几分骄傲和得意的,而他说这句话的当口儿,正是20世纪80年代所谓的"现代主义"思潮红极一时的时候,是年轻人膜拜"现代派"最疯狂的时期,对汪曾祺来说,对"现代派"的热恋已经是过去时,而年轻人是"现在进行时"。这样两个"时态"的差异,正好说明两代人的文学营养上的一个差异,当年轻人在"现代派"面前一副嗷嗷待哺状时,汪曾祺颇为意味深长地说了句"受过影响的"。也就是说,对于年轻人来说,现代派是乳汁一样的文学滋养,对于汪曾祺来说,乳汁已经吸收到身体内部,化为肌体了。也就是说,以现代主义为代表的外国文学的影响,在汪曾祺那里已经化为一种内在的传统,这也就是20世纪80年代一些追逐现代派的年轻作家对汪曾祺"高看一眼"的原因:他们在汪曾祺的小说里嗅到了他们所要追寻、表达的内涵和方式。

————————
① 汪曾祺:《西窗雨》,《外国文学评论》1992年第2期。
② 严家炎:《小说艺术的多样开拓与探索——1937—1949年中短篇小说阅读琐记》,《严家炎论小说》,江西高校出版社2002年版。

汪曾祺早期的创作带着鲜明的意识流特征，《小学校的钟声》这篇小说属于在 1980 年代被称为"三无"（无主题、无人物、无情节）小说，叙述没有连续性，浸泡在个人的思绪里，十九岁生日的回忆，童年的记忆，初恋的片段，都在"钟声"的萦绕中呈现出来，像水流一样，流到哪里似乎没有规律。这篇明显受到伍尔夫《墙上的斑点》的影响，伍尔夫小说是从墙上的斑点引起种种没有逻辑的联想，而《小学校的钟声》则以钟声为触发点，联想起昔日种种记忆片段和情绪断章。到了晚年，他在《桥边小说》中再度写到了这段生活，可见这篇小说对他写作的重要性。

到了《复仇》里，汪曾祺的意识流已经和中国的传统文化融合在一起。《复仇》的外壳其实很像武侠小说里常见的复仇模式，有些局部，似乎看出金庸武侠的痕迹，我们不能说金庸受到汪曾祺的影响，但汪曾祺人物用剑的形态，与金庸笔下的剑客确实有神似之处。复仇者借宿山寺禅房，由烛花、蜜、墙上的影子，联想到寺庙的情形、母亲，还有故乡井边的少女，意识的非理性流动，最后两个仇家相遇，看到对方的胳膊上都刻着自己的名字。《复仇》这篇小说发表了 40 年后我才读到，但和当时流行的一些先锋小说相比，一点也不陈旧，甚至显得还要成熟一点。

晚年的汪曾祺虽然在形态上放弃了意识流的外在方式，但意识流的现代性思维始终存在于他的小说创作中，他明确表示要"打破小说、散文、诗歌的界限"[①],打破这个界限,正是现代主义小说的主要表征,尤其是意识流小说的表征。我们读经典意识流作品,伍尔夫的作品也好,普鲁斯特的也好,乔伊斯的也好,他们的小说涌动着诗的脉动和散文的奔放。新时期以来,人们用"散文化"来概括汪曾祺小说的特点,其实散文化的"散"和意识流的"流"是相通的。《桥边小说》是汪曾祺"打破界限"的又一次大胆的尝试,为了突出他的尝试,汪曾祺专门在小说后面写了篇"后记",这在他的创作中是非常少见的,后记的宗旨就是强调"打破界限":"这三篇也是短小说。《詹大胖子》和《茶干》有人物无故事,《幽冥钟》则几乎连人物也没有,只有一点感情。这样的小说打破了小说和散文的界限,简直近似随笔。"而《幽冥钟》则仿佛是他《小学校的钟声》的又一次"复活",在《桥边小说》中专门写了詹大胖子,而《小学校的钟声》里也写了他:"敲钟的还是老詹",时过40年,钟声还回响在汪曾祺的文字里,不过这一次是寺庙的钟声:

钟声是柔和的、悠远的。

"东——嗡……嗡……嗡……"

钟声的振幅是圆的。"东——嗡……嗡……嗡……",一

---

① 《汪曾祺短篇小说选》序言,北京出版社1982年版。

圈一圈地扩散开。就像投石于水,水的圆纹一圈一圈地扩散。

"东——嗡……嗡……嗡……"

钟声撞出一个圆环,一个淡金色的光圈。地狱里受难的女鬼看见光了。她们的脸上现出了欢喜。"嗡……嗡……嗡……"金色的光环暗了,暗了,暗了……又一声,"东——嗡……嗡……嗡……"又一个金色的光环。光环扩散着,一圈,又一圈……

夜半,子时,幽冥钟的钟声飞出承天寺。

"东——嗡……嗡……嗡……"

是诗的声音,也是意识的流动,《幽冥钟》没有人物,只有声音,没有故事,只有情绪,声音的流动、情绪的流动,构成小说的独特的形态。汪曾祺为此专门写的后记,也是提醒人们:"结构尤其随便,想到什么写什么,想怎么写就怎么写。我这样做是有意的(也是经过苦心经营的)。我要对'小说'这个概念进行一次冲决:小说是谈生活,不是编故事;小说要真诚,不能耍花招。"这种"冲决",正是他不忘初心的表现,也是他对现代性的追求。

由于汪曾祺自己号称"随遇而安",小说也极为冲淡平和,但汪曾祺的小说也是有抗争的,在《大淖记事》里有一段写锡匠为十一子和巧云鸣不平,他们抗争了,小说写道:

锡匠们上街游行。这个游行队伍是很多人从未见过的。没有旗子，没有标语，就是二十来个锡匠挑着二十来副锡匠担子，在全城的大街上慢慢地走。这是个沉默的队伍，但是非常严肃。他们表现出不可侵犯的威严和不可动摇的决心。这个带有中世纪行帮色彩的游行队伍十分动人。

这可能就是汪曾祺现代性的表达方式，"没有旗子，没有标语"，也没有人喊口号，沉默地抗议，"慢慢地走"，但表现出不可侵犯的威严和不可动摇的决心。

2020年7月5日—8月4日

于观山居、润民居

第四讲

汪曾祺与《史记》

汪曾祺深受明人小品影响，特别喜欢归有光，他自己也直言不讳，他曾明言："中国的古代作家里，我喜爱明代的归有光。"在回顾个人成长和创作历程的《自报家门》一文中，他写道："归有光以轻淡的文笔写平常的人物，亲切而凄婉。这和我的气质很相近，我现在的小说里还时时回响着归有光的余韵。"汪曾祺文章的"明韵"是清澈的，明亮的，也是很有魅力的。但汪曾祺深受中国传统文化的影响，不仅仅是归有光和明代的小品文，还受到司马迁《史记》的影响，这在汪曾祺研究中很少有人提及。其实他在《谈风格》一文中引姚鼐《与陈硕士》的尺牍来评价归有光时，提到了司马迁："归震川能于不要紧之题，说不要紧之语，却自风流疏淡，此乃是于太史公深有会处,此境又非石士所易到耳。"

也就是说,归有光追求的境界是司马迁的"深有会处",一个"深"字,说明归有光未能超越司马迁之境。细读汪曾祺的作品,汪曾祺对《史记》也是心向往之,在谋篇布局、人物塑造方面以及语言"于不要紧之题,说不要紧之语"上都能清晰地感受到太史公的"深有会处",他的小说不仅回响着归有光的余韵,还飘荡着《史记》这部"无韵之离骚"的前韵。

这源于汪曾祺的童年记忆,汪曾祺出身于书香门第,自小接受中国古代文化的熏陶,而《史记》自然不可少,但汪曾祺读《史记》不是普通地阅读,而是有故事的。他在《一辈古人·张仲陶》一文中写道:"我从张先生读《项羽本纪》,似在我小学毕业那年的暑假,算起来大概是虚岁十二岁即实足年龄十岁半的时候。我是怎么从张先生读这篇文章的呢?大概是我父亲在和朋友'吃早茶'(在茶馆里喝茶,吃干丝、点心)的时候,听见张先生谈到《史记》如何如何好,《项羽本纪》写得怎样怎样生动,忽然灵机一动,就把我领到张先生家去了。我们县里那时睥睨一世的名士,除经书外,读集部书的较多,读子史者少。张先生耽于读史,是少有的。他教我的时候,我的面前放一本《史记》,他面前也有一本,但他并不怎么看,只是微闭着眼睛,朗朗地背诵一段,给我讲一段。很奇怪,除了一篇《项羽本纪》,我以后再也没有跟张先生学过什么。他大概早就不记得曾经有过一个叫汪曾祺的学生了。"汪曾祺读

《史记》的时候，是老师张仲陶背诵给他，然后讲述，这种奇异的教学方法让汪曾祺终生难忘，汪曾祺能不能完整地背诵出《项羽本纪》现在不得而知，但《史记》在他启蒙的文学教育里确实有先入为主、终身受益的功效，我们在他以后的小说创作中处处能感受到《史记》的"幽灵"在徘徊。

实　材

《史记》是史书，被鲁迅先生称为"史家之绝唱，无韵之离骚"，可谓是巅峰之作。《史记》是一部伟大的史学著作，同时也是伟大的文学巨著，被称为中国小说创作的源头，更是开短篇创作的先河。《史记》作为一部独特的史学著作，它不是依照编年的方式或事件的结构来编写历史的，而是以人物来写历史，让历史事件在人物的命运中呈现出来，这样的历史必然带着更多的文学色彩，因而有人认为《史记》是中国纪实文学和传记文学的开端。

汪曾祺认为，小说就是回忆，这就把小说的虚构性削弱了很多，回忆当然不是实录，但回忆带来的元素让小说具有某种个人史的味道。这在某种程度上契合了《史记》的价值观，历史是通过个人的命运来呈现的。汪曾祺的小说不是从虚构出发，而是将基点放在真实的事件和真实的人物身上，连地点也是真实的存在。现在很多人知道高邮的地名，都是通过汪曾祺的小说了解的，大淖、草巷口、马棚湾、焦家巷、越塘、中市口、承志桥都是在汪曾祺小说里出现的，大淖，原来高邮人都写作"大脑"，因为《大淖记事》里汪曾祺对蒙古语"淖尔"的考证，现在高邮的地名也将"大脑"改为"大淖"了。

汪曾祺笔下的人物也往往都有出处，有的是直接使用生活中的人物的名字，《受戒》里的小英子，《徙》里的高北溟、高冰、高雪、汪厚基都是真实的名字，而有些人物则略做处理，比如《鉴赏家》里的季匋民，在生活中叫王陶民，而《岁寒三友》的三个人物也是真实的，但人物的名字做了改动。1995年高邮电视台的记者陈永平去采访汪曾祺时，汪曾祺告诉他们："这三个人跟我父亲是朋友，我父亲跟王瘦吾、陶虎臣特别好。陶虎臣的原名叫陶汝，在草巷口拐弯儿的地方开店卖鞭炮；陶汝的女儿卖给别人，他自己上吊，这个故事有。本来这三个人的故事并不在一起，我通过他们的遭遇，特别是陶汝女儿的遭遇，把故事捏合在一起……自从《鸡鸭名家》之后，我有意识地从这些人身上发现美，不把市民写成市侩。这些人有他们非常可贵的地方。"《异秉》中的王二也是实有其人，现在高邮北门还有"王二熏烧店"。

汪曾祺的小说常常有人物原型，很多人物直接来自现实。为怕引起误解，以至于在《云致秋行状》的结尾，在写完"为纪念一位亡友而作"之后，汪曾祺又郑重其事标明"这是小说，不是报告文学，文中所写，并不都是真事"。可见他小说中的人物和生活中的人物的重合度有多高，有些是在人物的原始形态基础上"长"起来的。《八月骄阳》写的是老舍之死，里面的太平湖是实有的，里面出现的老舍形象和真实的老舍是一致的，"这工夫，园门口进来一个人。六十七八岁，戴着眼镜，一身干干净净的藏青制服，礼服呢千层底布鞋，拄着一根角把棕竹手杖，一看是个有身份的人。这人见了顾止庵，略略点了点头，往后面走去了。这人眼神有点直勾勾的，脸上气色也不大好。不过这年头，两眼发直的人多的是。这人走到靠近后湖的一张长椅旁边，坐下来，望着湖水"。但里面出现的张百顺、刘宝利、顾止庵是虚构的，通过他们的视角来写老舍自杀前的社会氛围、时代气息。1988年9月29日，《北京文学》在北京总参第一招待所召开的汪曾祺小说研讨会上，听到吴组缃先生对此篇赞不绝口，我当时有些不理解，等我在北京生活了20多年以后，再读这篇小说才慢慢体会到小说的妙处，他对北京普通民众的生活是那样的熟悉，那样的亲切。

在《星期天》这篇小说中，汪曾祺写的是他1940年代在上海致远中学教学的一段经历，小说采用树状的结构，自然展开。前面介绍学校的几个人，最后一场舞会让人物全部出场，戛然而止。有意义的是，汪曾祺当年在致远中学的学生张希至读了这篇小说之后回忆说，"1995年7月，他送我一本他新出的《异秉》集，嘱我回去后读读《星期天》一篇，说是写我们当时那个学校的。我读了，是写老师们当时的生活的。把学校的环境写得那么详尽，每个人物都写得活灵活现。我感到无比的亲切"。《星期天》不仅"每个人物都写得活灵活现"，许多人物姓名也采取谐音的办法，没有大的改动。比如校长赵宗浚，原型叫高宗靖，2007年4月20日《解放日报》第13版的《讣告》清楚交代了他的"后事"："中国共产党党员、上海市长宁区政协原常委、上海市复旦初级中学前身致远中学创办人、校长高宗靖同志因长期患病医治无效，于2007年4月17日20时5分在上海同仁医院逝世，享年92岁。根据高宗靖同志生前遗愿，遗体捐献，丧事从简，不举行追悼会和告别仪式。特此讣告。上海市复旦初级中学。"小说里，两位下围棋的"国手"，曾经怀疑学校里是不是有共产党，虽然最后用上海话"难讲的"收尾，多年之后张希至的话证明了汪曾祺当时的敏感。

列　传

在汪曾祺的小说中很难读到错综复杂的故事，也没有跌宕起伏的情节转换，唯一能展现的就是人物的命运，这和中国的以情节取胜的传统小说不一样，也和他同时代的作家不一样，同时代的作家往往通过一些故事来展现时代的悲剧和人性的悲剧。汪曾祺不以情节取胜，他是以人物为中心的小说家，几乎每篇小说都是人物的小传，有时候是几个人物的小传。可以这么说，汪曾祺的小说是《史记》"列传"体的当代传人。

《史记》是一部纪传体通史，以人物来结构全书。全书一百三十篇，人物传记占了八十二篇，全书分为本纪、世家、列传、表、书五个部分：十二篇"本纪"主要记述历代帝王的言行政绩，凡时间可考的均系以年月；三十篇"世家"记述了子孙世袭的王侯封国的历史变迁和特别重要人物的事迹；七十篇"列传"主要叙述了不同阶层不同人物的生平事迹；十篇"表"以表格形式简列世系、人物和史事，是对全书叙事的联络和补充；八篇"书"记述典章制度的发展，涉及礼乐、经济、天文、历法等诸领域内容。虽然本纪、世家、列传按人物地位分为三类，但在具体写法上都是列传体，介绍人物的生平、爱好、性格、趣事，笔法并不分贵贱雅俗。

汪曾祺继承了《史记》列传的传统，他的小说好多都是人物列传，从小说的题目就可以看得出来，《骑兵列传》《云致秋行状》《故里三陈》《塞下人物记》《金冬心》《王全》《八千岁》《王四海的黄昏》，不是通过事件和冲突来结构小说的，而是将人物的"行状"不动声色地呈现出来。鲁迅先生也有意借鉴了"列传"体，最著名的《阿Q正传》《孔乙己》就是对列传的模仿。

"文革"结束以后，新时期文学开启，汪曾祺的文学生命也和很多老作家一样慢慢复苏。汪曾祺在粉碎"四人帮"之后发表的第一篇小说，不是他早期的意识流"废名体"，也不是他"十七年"间的"羊舍体",反而是古已有之的"史记列传体",这就是发表在 1979 年第 11 期《人民文学》上的《骑兵列传》。这篇小说题材是历史冤案,但文体却用了"列传"这个古老的样式,这似乎是一种象征和隐喻,"回到民族传统",回到汉语经典,在这个时候已经有了思想的雏形。同样值得注意的是,汪曾祺新时期复出文坛的第一篇作品,不是小说,不是散文,不是诗歌,也不是戏剧,而是 1979 年 6 月发表在《民间文学》上的一篇名叫《"花儿"的格调——兼论新诗向民歌学习的一些问题》的论文。从"花儿"到"列传",从民间到古典,一方面说明汪曾祺的"复出"带有某种试探性,另一方面,也说明汪曾祺经过四十年的创作实践和文学体验之后,找到了属于他的文学路径,在"回"的道路上往前走,在中国化的文学道路上面向世界。

《骑兵列传》属于"试水"性质,之后他写了《塞下人物记》,这篇小说同样属于列传性质,只不过是几个人物的合传,也是《史记》的体例。合传在《史记》中是非常有意思的文体,像《廉颇蔺相如列传》《老子韩非列传》《孙子吴起列传》等,都是几个人物的合叙。像《廉颇蔺相如列传》文武二将从对立到和谐的过程,成为经典,通过完璧归赵、渑池会、廉蔺交欢三个故事,蔺相如机智、顾全大局,廉颇耿直、勇于改过的形象都栩栩如生。

汪曾祺好像特别喜欢合传的列传体,像著名的《故里三陈》《岁寒三友》《故里杂记》《塞下人物记》《星期天》《日规》等都是没有一个主要人物的小说，小说里的人物几乎都是平行展开的，他们之间的联系若有若无，草蛇灰线，"神合貌离"。《故里三陈》的三位陈姓手艺人，除了姓陈之外，在命运上并无交集，但贯穿其中的小人物的悲苦、善良和暖意却构成全篇的氤氲之气。《岁寒三友》的结构有点类似《廉颇蔺相如列传》，但《廉颇蔺相如列传》是个双线结构，是"花开两朵，各表一枝"的叙述结构，而《岁寒三友》则是"三箭齐发"，王瘦吾、陶虎臣、靳彝甫三位各有各的产业，各有各的命运，在困难的日子里，相濡以沫，"岁寒"时节，一位像松，一位像梅，一位像竹，在除夕的晚上，在五柳园相聚，"外面，正下着大雪"，三线并轨，人心暖暖。

《星期天》更是将列传的合传体发挥到极致，不到一万字的篇幅里写了致远中学的九个人，而且直接以顺序排列，一、校长赵宗浚，二、教导主任沈先生，三、英文教员沈福根，四、史地教员史先生，五、体育教员谢霈，六、李威廉，七、胡凤英，八、校工老左，九、"我"。其实还写了另外两个不在学校的人物，一是校长追求的女朋友王静仪，还有一个寄住学校的赫连都。一共十一个人，最后在一场舞会上全部亮相，人物形象生动，当时的社会现实也自然呈现出来，尤其对20世纪40年代上海城市文化的描绘，入木三分。这篇小说结构可谓散到极致，但篇末轻轻一收，每个人物都如珠子一样闪闪发光,连最不显眼的两位围棋"国手"的对话,也透露出上海这个城市特有的文化气息。

异　秉

《史记》除了描写帝王将相英雄义士这样的大人物外,还将笔墨落到一些有异秉的小人物身上,他们常常有过人之处,或有一技之长,是一些不同于常人的畸形人格,比如《滑稽列传》记述的都是一些出身卑微而又机敏多辩的底层人物,《太史公自序》曰:"不流世俗,不争势利,上下无所凝滞,人莫之害,以道之用,作《滑稽列传》。"淳于髡、优孟、优旃一类滑稽人物具有"不流世俗,不争势利"的脱俗精神,及"谈言微中,亦可以解纷"的非凡的讽谏才能,虽身份低微,司马迁也愿意为他们立传。

汪曾祺对于这样出身微贱但有过人之处或异乎常态的"畸人"充满浓厚的兴趣和赏识。汪曾祺早年写过一篇小说《异秉》,是带有反讽意味的,30多年以后,汪曾祺又重新写了《异秉》,说明汪曾祺对"异秉"一直抱有浓烈和深切的关注。重写《异秉》依然是保持着当年的反讽基调,但之后汪曾祺笔下的人物常常身怀绝技,都不是寻常之辈,《故里三陈》中的三陈都是有异秉的,陈小手是男性接生婆,"陈小手的得名是因为他的手特别小,比女人的手还小,比一般女人的手还更柔软细嫩。他专能治难产，横生、倒生，都能接下来（他当然也要借助于药物和器械）。据说因为他的手小，动作细腻，可以减少产妇很多痛苦。大户人家，非到万不得已则不会请他的"。陈四是高跷踩得好，他可以从高邮一路踩到三垛（高邮下面的一个镇），还能表演各种绝活。"陈泥鳅是水性好，像泥鳅一样，运河有一段叫清水潭。据说这里的水深，三篙子都打不到底。行船到这里，不能撑篙，只能荡桨。水流也很急，水面上拧着一个一个漩涡。从来没有人敢在这里游水。陈泥鳅有一次和人打赌，一气游了个来回。当中有一截，他半天不露脑袋，岸上的人以为他沉了底，想不到一会，他笑嘻嘻地爬上岸来了！"这样三个"奇人"命运各不相同，陈小手在救了团长的太太和婴儿之后，被团长枪杀，而陈四不堪侮辱，退出行业，陈泥鳅属于善有善报，义举被乡人认可。《鉴赏家》里的小贩叶三，卖的水果就是比其他水果贩子的要好，而《熟藕》里卖熟藕的王老能把藕煮得火候恰到好处，比其他藕店味道要好。

都说汪曾祺描写的是普通人，其实这些普通人也是不"普通"的，他们或性格怪异，或身手了得，都有"异相"或"异技"，和《史记》善写人物的异相是一脉相承的，比如写项羽"重瞳"，刘邦"左股有七十二黑子"，都是对某种"异秉"的描写。

汪曾祺的《受戒》写到三师父仁渡玩飞钹玩得很好，像杂技一样，属于有异技的，写到一个经常和几个和尚打牌的偷鸡的人则是身怀"异器",这个"异器"就是"铜蜻蜓","偷鸡的有一件家什——铜蜻蜓。看准了一只老母鸡,把铜蜻蜓一丢,鸡婆子上去就是一口。这一啄,铜蜻蜓的硬簧绷开,鸡嘴撑住了,叫不出来了。正在这鸡十分纳闷的时候,上去一把薅住"。这也是一种"异秉",现在叫"神器",汪曾祺对这种神技、神器、神人都有着浓厚的兴趣,在《鸡毛》中,他写寡妇文嫂靠养鸡维持日常生活,但最后三只鸡被人偷吃了,不知道谁偷的,最后发现是住在文嫂家的大学生金先生(金昌焕)偷的吃的,因为金先生毕业离开文嫂家,文嫂发现了他床下藏着一堆鸡毛:

这金昌焕真是缺德,偷了文嫂的鸡,还借了文嫂的鼎罐来炖了。至于他怎么偷的鸡,怎么宰了,怎样煺的鸡毛,谁都无从想象。

熟悉汪曾祺作品的读者,读到这里,一定会联想起"铜蜻蜓"。

至于《史记》式的白描在汪曾祺的小说中随处可见,这已是中国小说经典手法了,就不用多说了。最后想说的是,汪曾祺秉承《史记》的抒情精神,他自称是"抒情的人道主义者",毫不掩饰对抒情的偏爱,而《史记》的"太史公曰"一反史书之格局,时常有很抒情的段落,与"史"的客观冷静不同,在

《项羽本纪》的最后，太史公曰："三年，遂将五诸侯灭秦，分裂天下，而封王侯，政由羽出，号为'霸王'，位虽不终，近古以来未尝有也。及羽背关怀楚，放逐义帝而自立，怨王侯叛己，难矣。"

而汪曾祺在《徙》的末尾也发出了类似的感慨：

墓草萋萋，落照昏黄，歌声犹在，斯人邈矣。

同样的壮志未酬，同样的感慨。虽然霸王的伟业和高北溟父女的雄心不可同日而语，一是图谋天下，一是实现人生，常人看来，有大小之分，但对个体来说，那一刻内心的柔软和苍凉是等质的，帝王与平民的孤独，帝王与平民的苍凉，在文学上有同样的审美效应。很多人喜欢白居易的《长恨歌》，因为那里面唐明皇与杨贵妃的爱情和老百姓的爱情是共振的，"在天愿为比翼鸟，在地愿为连理枝"，就是爱情的普世价值。高北溟父女的人生困厄，或许让汪曾祺想起了少年时代听《史记》的启蒙老师张仲陶背诵《项羽本纪》的情景，书中司马迁对楚霸王悲剧的感慨这时候也就自然流到笔下："难矣"。

2020年11月7日于润民居

第五讲

汪曾祺的意象美学

汪曾祺的小说曾经被人们称为"意象现实主义",可以说抓住了汪曾祺小说的美学特征。意象美学由于美国意象派诗人的崛起而受到世人的瞩目,但真正的意象美学其实源于中国,意象派的代表诗人庞德就明确提出唐诗就是意象派的鼻祖,庞德自己就翻译唐诗作为自己的一种创作。唐诗宋词有着明显的意象诗的特点,但唐诗宋词并非意象诗的开端,而是集大成。意象美学是中国文学源远流长的优秀传统,在中国最早的大诗人屈原的以《离骚》为代表的楚辞作品里就得到了充分的体现,因而至今读来仍然魅力无穷。由于中国韵文和散文的两大传统不太一样,所以中国的小说创作沿袭的是非韵文的路子,清代大文学家曹雪芹率先将韵文的传统引进了长篇小说的创作，在《红楼梦》中大量使用了意象、意象群、意象群落，从而构建了旷世绝唱的大观园。五四时期，由于对传统文化的情绪性的排斥，以意象为代表的中国美学精粹被西方和俄罗斯的美学所替代。虽然鲁迅、沈从文、孙犁等人的作品顽强地生长着中国意象美学的元素，但仍被其他的强势话语所遮蔽，对于文学作品的意义，人们多半从思想、情节、人物来进行诠释。1978年以来，中国的意象美学得到了复苏，汪曾祺的走红，高行健、莫言的获奖都在于作品中呈现出鲜明的中国意象美学特性。这种不同于西方象征主义的美学形态，融化到小说中所具有的如核辐射一样的审美力，已经引起了越来越多人的关注。

汪曾祺是一个非常中国化的作家，以至于被人们誉为"中国最后一个士大夫"，这个"士大夫"的称呼，一方面是对汪曾祺文化精神的概括，另一方面也是人们对渐行渐远的中国文人精神的凭吊。五四以来的知识分子精神取代了原先的文人情怀，在历史进程中无疑是进步的，但对文学的本体尤其对汉语艺术文本来说，容易屏蔽一些中国文化的潜在精神。汪曾祺的晚成乃至今日余音绕梁，与长时期的被屏蔽有关。汪曾祺体现出来的中国文化精神是多方面的，这里只想就他作品中意象美学的一些特征来讲一讲。

一

汪曾祺的作品写得很干净，在文字上长句很少，标点更是以句号、逗号为主。这种干净是现当代作家中极为少见的，有点清水出芙蓉的味道，甚至可以说是一种"出淤泥而不染"般的孤洁。为什么？这与汪曾祺对文学的理解有关，汪曾祺曾经这样称赞他所推崇的文学前辈废名："他用儿童一样明亮而又敏感的眼睛观察周围世界，用儿童一样简单而准确的笔墨来记录。他的小说是天真的，具有天真的美。"他在《沈从文先生在西南联大》中又如此称赞金岳霖："为人天真到像一个孩子。"在怀念沈从文的悼文中，称沈从文是"赤子其人，星斗其文"。

可见赤子、儿童、孩子，明亮、敏感、天真，都是汪曾祺推崇的境界。有人说，诗人必须有一颗赤子之心，不能说诗人都有一颗赤子之心，但具有赤子之心的人同样具有一颗诗心。汪曾祺虽然擅长小说散文，但亦不满足于诗心藏在文中，他经常写诗，有白话诗，也有旧诗，在世界历史名人画传《释迦牟尼》中，他直接运用骈体文来叙述释迦牟尼的一生。这种诗心始终燃烧着他，但他选择了一个反抒情的方式，通过意象的方式来表达他的诗心，这就是通过童年的视角来观照周围的世界和人生。

我们也就能够明白汪曾祺那些描写故乡高邮的小说为什么如此动人、如此脍炙人口了。在那些描写故乡的小说里始终闪烁着一双孩子的眼睛。学者摩罗《末世的温馨》这样描述道："汪曾祺的文字让我读出了这样一个少年和一种情景：这个少年有时在祖父的药店撒娇，有时在父亲的画室陶醉。他永远保持内心的欣悦，感官尽情地开放，他入迷地欣赏着河里的渔舟、大淖的烟岚、戴车匠的车床、小锡匠的锤声，还有陈四的高跷、侉奶奶的榆树。这个少年简直是个纯洁无瑕身心透亮的天使，那个高邮小城则是一个幸福和乐的温馨天国。"

摩罗用"纯洁无瑕身心透亮"来形容这个天使一样的少年，在于童年的世界是不受污染、不被干扰的，是接近于无限透明的零状态。在汪曾祺的作品中，"童年"这一美好的意象通过对周围世界的折射，创造出一个天国一样的故乡来。故乡系列小说是汪曾祺小说的最高的明净境界，明净的原因在于汪曾祺内心的童心、诗心对故乡的美化和净化。故乡当然不是仙境，童年自然也有幻觉，鲁迅先生在《故乡》里一方面写了童年的美好，写了西瓜地月光的迷人，另一方面则冷峻地撕开记忆的面纱，直面荒芜的现实和温馨记忆的反差。而汪曾祺追求的是和谐，他那双清澈的眼睛看见的只有童年的欢乐、天真和可爱。

如果说汪曾祺描写故乡的作品采取童年的视角符合人之常情，对故乡的记忆可能淡化了辛苦、艰难、不幸，留下来的是善良、温馨、美好，那么他写下放劳动的《羊舍一夕》《看水》依然采用儿童视角就是他的坚持了。从年龄上说，他创作这一批小说时已经接近四十；从地域上看，关外张家口远非故乡，更重要的是他的身份是一个下放的"右派"。这个下放的"右派"已不是那个年幼无知的李小龙（《昙花·鹤和鬼火》），而是远离家庭、备受质疑的流放者。在张贤亮、从维熙等有相同经历的作家的笔下，"右派"在周围遭遇的是歧视、冷眼甚至是仇恨。张贤亮的《绿化树》虽然写了乡村女性马缨花对"落难公子"章永璘的爱，但整体的氛围是苦难叙事、悲情独白。而汪曾祺依然用童年的视角来看待异乡的流放生活，筛去了其中的残酷、阴暗、冷漠。

这源于汪曾祺在创作时抽空了内心的芜杂，让内心呈现出澄明的状态，而这种澄明的状态和童心是非常接近的，汪曾祺的代表作《受戒》的男女主人公明海和小英子就是这样的澄明的处子，丝毫没有沾染尘世的气息。其实，在汪曾祺的其他一些不用儿童视角的小说里，也时不时地可以读到那颗天真的童心：

正街上有一家豆腐店，有一头牵磨的驴。每天上下午，豆腐店的一个孩子总牵驴到侉奶奶的榆树下打滚。驴乏了，一滚，再滚，总是翻不过去。滚了四五回，哎，翻过去了。驴打着响鼻，浑身都轻松了。侉奶奶原来直替这驴在心里攒劲；驴翻过去了，侉奶奶也替它觉得轻松。

《榆树》里虽然是侉奶奶的视角，可跃动着的是一颗无瑕的童心。

汪曾祺的这种童年意象不仅融化在写人物的作品中，那些描写风俗、动物、植物的篇章也渗透了童趣。散文《葡萄月令》是汪曾祺作品中童心、诗心、圣心高度融合的一篇极品，来源于作家的一颗赤子之心。《葡萄月令》平实、简洁，乍一看，貌似一篇说明文，介绍一年之中葡萄的种植、培育、采摘、贮藏等有关的"知识"，从一月到十二月，像记流水账一样。但细细品读，就发现作家视葡萄为一个成长的婴儿，一个仙子一样的生命。

"一月，下大雪。……葡萄睡在铺着白雪的窖里。""二月里刮春风……葡萄藤露出来了，乌黑的。有的梢头已经绽开了芽苞，吐出指甲大的苍白的小叶。它已经等不及了。""四月，浇水……葡萄喝起水来是惊人的……从根直吸到梢，简直是小孩嘬奶似的拼命往上嘬……"不难看出，汪曾祺创造了近乎童话一样的境界，纤尘不染，超凡脱俗。

无疑，和很多的大作家一样，汪曾祺是描写风俗的高手，汪曾祺把这种童心意象化的追求，也表现在他的风俗描写之中。他说："风俗，不论是自然形成的，还是包含一定的人为的成分（如自上而下的推行），都反映了一个民族对生活的挚爱，对'活着'所感到的欢悦。他们把生活中的诗情用一定的外部的形式固定下来，并且相互交流，融为一体。风俗中保留一个民族的常绿的童心，并对这种童心加以圣化。"[1] 圣化的童心，成为汪曾祺小说不灭的永恒意象。

二

"水"在汪曾祺的作品中是一个非常重要的意象。法国汉学家安妮·居里安在翻译了汪曾祺的小说后，发现汪曾祺的小说里经常出现水的意象，即使没直接写水，也有水的感觉。他的小说仿佛在水里浸泡过，或者说被水洗过一样。水的意象成为汪曾祺美学的外在特征。

他在自传性散文《我的家乡》中，明确表示从小和"水"结缘。他说："我的家乡是一个水乡，我是在水边长大的，耳目之所接，无非是水。水影响了我的性格，也影响了我的作品的风格。"[2]

汪曾祺在以本乡本土的往事为题材的系列小说《菰蒲深处》的《自序》中亦云："我的小说常以水为背景，是非常自然的事。记忆中的人和事多带点泱泱水气。人物性格亦多平静如水，流动如水，明澈如水。因此我截取了秦少游诗句中的四

---

[1] 汪曾祺：《谈谈风俗画》，《晚翠文谈》，上海三联书店 2018 年版。
[2] 汪曾祺：《我的家乡》，《梦故乡》，江苏凤凰文艺出版社 2017 年版。

个字'菰蒲深处'作为这本小说集的书名。"①

　　老子说"上善若水",将水视为善之最,足见中国文化的传统对水的器重。水在中国哲学中具有势弱柔顺的特征,同时也有持久坚韧的特征,成语"水滴石穿"就是水哲学的另一面。汪曾祺作品的人物大多逆来顺受,最强烈的反抗动作也就是锡匠们在县政府门前"散步"抗议而已,而且是无声的。他笔下的人物常常随水而居,随遇而安。水赋予人物的性格,也就多了几分淡定和淡泊。《看水》和《寂寞与温暖》可以视作汪曾祺的自传体,和《葡萄月令》一样,这两篇小说写的是汪曾祺下放的张家口农科所的生活。有研究者认为,"《看水》中的水的意象和《寂寞与温暖》中女主角沈沅姓名中的'水'旁,是证明作家自我隐喻——汪——的有力证据,似乎不能用巧合来解释。"这两篇小说中的主人公一个是女性,一个是儿童,他们显然是弱者,他们呈现出来的水一样柔弱的品质,正是作家内心的某种写照。

　　水的流动形成了结构。汪曾祺这种"水"意象美学还体现在小说结构的自然天成上。汪曾祺写的都是一些篇幅短小的小说和散文,一般来说,短篇小说的结构是非常讲究的,常常在情节的设置上下透功夫,莫泊桑、契诃夫、欧·亨利之所以被称为世界短篇小说巨匠,就在于他们在塑造人物、叙事结构上

---

① 汪曾祺:《我的家乡》,《梦故乡》,江苏凤凰文艺出版社2017年版。

的精心追求。而汪曾祺对结构的理解则是"随便",为了证明这种"随便"的合理性,还在《汪曾祺短篇小说选》的自序中引用苏东坡《答谢民师书》中的话来论证:"大略如行云流水,初无定质,但常行于所当行,常止于所不可不止,文理自然,姿态横生。"这种水的结构有点类似书法上的"屋漏痕"的境界。唐陆羽《释怀素与颜真卿论草书》载,颜真卿与怀素论书法,怀素称:"吾观夏云多奇峰,辄尝师之,其痛快处如飞鸟出林,惊蛇入草。又遇坼壁之路,一一自然。"颜真卿谓:"何如屋漏痕?"怀素起而握公手曰:"得之矣!"又南宋姜夔《续书谱》称:"屋漏痕者,欲其无起止之迹。"

"屋漏痕"是一种比喻性的说法,用到小说的结构上其实就是随便而为的意思。雨水漏屋,全无定势,自然形成。

汪曾祺意象美学里蕴含着中国书画美学的精神。宗白华先生在《美学漫步》一书中论及《中国书法里的美学思想》时谈到张旭的书法,说:"在他的书法里不是事物的刻画,而是情景交融的'意境',像中国画,更像音乐,像舞蹈,像优美的建筑。"宗白华先生这里所说的意境加了引号,显然是觉得"意境"一词不足以表达张旭书法的内涵,联系上下文,我们可以发现,宗白华所要说的其实是意象的内涵。中国书法、中国水墨画作为中国文化精神的抽象代表,其精髓就是意象,言外之意,象外之意,象外之象。而中国书画最明显的特征,也在于水的流动,墨是一种有颜色的水,它的流动和纸的空白形成了黑白的映衬，这映衬是水的美学的硕果。汪曾祺是书画高手，他的书画成就在一些专业人士之上，他的一些书画作品至今被藏家们视为珍品而津津乐道。

汪曾祺精通书法奥妙，深谙水的结构之美，他成功地将其转化到小说的创作之中。他的小说几乎每一篇的结构都不一样，又自然天成。《星期天》的结构松散天成，而《日规》的结构如树生枝杈，两股合流。《云致秋行状》又如一股溪流渐渐流来。《受戒》和《大淖记事》在开头悠然讲述风俗民情，进入"中盘"后，《受戒》枝蔓删去，如小提琴独奏一样悠扬；《大淖记事》则以对话收场，余音不绝。

汪曾祺的小说中，还有一种类似套装或组合的特殊结构，这就是"组结构"。组结构是以三篇为一个单元，形成似连还断、似断又连的组合体。三篇小说之间，情节自然没有联系，人物也没有勾连，有时候通过空间加以联系。有《故里杂记》（李三·榆树·鱼）、《晚饭花》（珠子灯·晚饭花·三姊妹出嫁）、《钓人的孩子》（钓人的孩子·拾金子·航空奖券）、《小说三篇》（求雨·迷路·卖蚯蚓的人）、《故里三陈》（陈小手·陈四·陈泥鳅）、《桥边小说三篇》（詹大胖子·幽冥钟·茶干），六组十八篇，在汪曾祺的小说中占有相当高的比例。值得注意的是，这种套装结构的方式只出现在汪曾祺晚年的作品里，早期的创作中一篇也没有。他反复再三地试验这一小说形式，说明他对这种形式的喜爱和器重。

这种小说的组合法在其他作家身上有过类似的实验，但如此多的组合，又达到如此高的成就，可以说唯有汪曾祺一人。这有点类似书法上的"行气"，就是字与字之间内在的联系。汪曾祺在《揉面——谈语言运用》一文中说："中国人写字，除了笔法，还讲究'行气'。包世臣说王羲之的字，看起来大大小小，单看一个字，也不见怎么好，放在一起，字的笔划之间，字与字之间，就如'老翁携幼孙，顾盼有情，痛痒相关'。安排语言，也是这样。一个词，一个词；一句，一句；痛痒相关，互相映带，才能姿势横生，气韵生动。"而落实到作品中，则是篇与篇之间的"篇气"，每一篇作品都有自己的气息，有些作品气息是相通的，像《故里三陈》（陈小手·陈四·陈泥鳅），表面只是写三个姓陈的人物，而三个人物连起来就是底层手艺人的悲惨命运，作家的悲悯之心油然而现。在早期短篇小说《异秉》里写的也是此类人物的命运，把此类人物构思到一个场景之中，却不符合晚年汪曾祺的小说趣味。就意象美学而言，组合写法是对意象群和意象群落的营造。单个意象的创造，在唐诗宋词那里已经到了极致，《红楼梦》之所以开一代之风，很大程度上是将诗歌的意象融化到小说中，但曹雪芹塑造的不再是单个的意象，而是一个个意象群和意象群落，形成了独特的美学世界。汪曾祺显然意识到单个意象的力量有限，他用"集束手榴弹"的方式来创造新的意象体，寻找最大的审美空间。

汪曾祺在语言的探索上也是功劳卓著，他把现代汉语的韵律美、形态美几乎发挥到极致。他刻意消融小说、散文、诗歌文体之间的界限，从而营造一个让读者更加赏心悦目的语言世界。语言在他手里像魔术师的道具一样，千姿百态，摇曳多姿，神出鬼没，浑然天成。水的流动，水的空灵，水的无限，在他的作品中得到最好的诠释。

汪曾祺以水为美，以水为师，在水的意象之后隐藏着他的文学观——滋润。他在《蒲桥集》再版后记中说："喧嚣扰攘的生活使大家的心情变得浮躁，很疲劳，活得很累，他们需要休息，'民亦劳止，汔可小休'，需要安慰，需要一点清凉，一点宁静，或者像我们以前说的那样，需要'滋润'。"汪曾祺先生确实实现了他抒情人道主义的美学理想，他的作品是滋润的，他去世多年，作品至今仍在滋润着一代又一代人的心灵。

2013 年 6 月 10 日于润民居

ptype
第六讲

汪曾祺的和谐美学

2010年3月5日，是汪曾祺先生九十周年诞辰，这样的时刻，让人感到遥远又短暂。遥远的是，汪曾祺的文学韵味好像已经流传了上百年甚至几百年，已经经典化地活在文学和文学史中；短暂的是，汪曾祺先生已经去世十三周年，但仿佛还是昨天的事情，在文学圈里，人们说起"汪老"，似乎他还是一个健在的、有趣的好老头。或许因为我和汪曾祺先生生前打过交道，所以经常有意无意地和人们谈论起汪老，我听到的几乎都是称赞、称道甚至称颂。

有些人的作品随着时间的推移被人们渐渐地遗忘，而有些人的作品随着时间的流逝，却像陈年老酒一样越来越醇厚，越来越耐读。汪曾祺的作品属于后者，读后难以忘怀，再读，难以释卷。魅力何在？我认为凝聚在汪曾祺作品中的核心价值，是他的和谐的美学思想和美学精神，这样的思想精神让他的作品在处理与生活、与人物、与语言的关系上，体现出从容淡定、虚实映照的人道主义的境界和中国化的艺术品格。

挖掘、分享日常生活的诗意

汪曾祺是一个善于阐释自己的作品和美学思想的人，他说："我的作品不是悲剧。我的作品缺乏崇高的、悲壮的美。我所追求的不是深刻，而是和谐。这是一个作家的气质所决定的，不能勉强。"在具体到如何不深刻不悲壮的方面，很多的论者已经注意到汪曾祺作品中对日常生活诗意和美感的描写是他的一个创作标志，在这方面已经做了大量的研究和探讨。汪曾祺说上述话的时候不是谦虚，而是有些自负，当然也可理解为赌气。在20世纪70年代末新时期文学的开端，回响着的都是激情与理想、启蒙与改革的主旋律，英雄和改革者，受难者和反思者，是那时的"当代英雄"，而悲壮和崇高也是此时审美的主潮。但汪曾祺却异想天开（这是从我们的视角来看）地发表了《受戒》《大淖记事》《异秉》三个不太合时宜的短篇。说不合时宜一点也不过分，汪曾祺自己也意识到这一点，他曾经略带自嘲地说，我的小说上不了头条。在80年代那样一个意气风发、人心思变的社会转型期，确实需要呐喊、呼号的声音，需要壮美、崇高美来鼓舞人们变革的斗志，事实上，很多作家和作品也因此获得了成功。汪曾祺这三篇小说有点偏离时代的主潮，体现为：一、写的是新中国成立前的日常生活，二、人物的非英雄化，三、非崇高的悲剧美学。这当中的《大淖记事》按照习惯的斗争的敌对模式最可以写成悲剧性的劳动人民与统治者的冲突，但汪曾祺却加以淡化了，汪曾祺不是故意淡化的，而是按照生活的本来的面貌写就的，高邮历史上确实曾经发生过类似锡匠和平抗议的事件；当然还是和汪曾祺自身的美学思想相关，如果是一个追求壮美的作家，肯定会将锡匠抗议的事件写得波澜壮阔，写得大开大合，惊天动地。

而对汪曾祺来说，《受戒》《大淖记事》等就是寻求挖掘和表现日常生活的美感和诗意，他在《受戒》的创作谈中这样说："是谁规定过，解放前的生活不能反映呢？既然历史小说都可以写，为什么写写旧社会就不行呢？今天的人，对于今天的生活所从来的那个旧的生活，就不需要再认识认识吗？旧社会的悲哀和苦趣，以及旧社会也不是没有的欢乐，不能给今天的人一点什么吗？"一贯行文平和的汪曾祺破例地在短短的101个字中连续使用了4个反问句，表示他的理直气壮和对那些僵化的文学观念的不满。记得多年之后，姜文在拍摄根据王朔小说改编的电影《阳光灿烂的日子》时也说过类似的话。其实，文学在挖掘表现日常生活的诗意和美感方面应该超越时代政治的限制，清明的政治社会格局下存在着黑暗的角落，黑暗腐败的旧时代或反动时代里也会有人性的美和生活的美的闪光。这是对生活的认识，也是文学的基本价值观。

这里面其实包含两层含义：一层是日常生活的美感是不受时代限制、不受道德限制的，旧社会也好，新社会也好，美是存在的，生活着就能发现诗意的存在；还有一层就是日常生活甚至日常琐事也会呈现出文学的美和生活的诗意。前者可以以《寂寞与温暖》为证。《寂寞与温暖》是汪曾祺小说中容易被人忽略的一个短篇，但汪曾祺几次说到自己非常喜欢这篇小说。这篇小说写的是"反右"期间主人公下放到张家口的一段生活，有些夫子自道的味道，但写的却是"反右"中知识分子苦难的精神生活中难得遭遇的一股暖意，而这暖意却来自当时的一个领导。至于写出日常生活的美感，《受戒》和《大淖记事》相对容易理解，因为《受戒》中通过小英子和明海的童年视角、萌动的初恋，再加上大自然的美好风光，是极容易呈现诗意的；《大淖记事》中的民俗风情以及十一子和巧云的恋爱故事本身也是诗意的、浪漫的。除此之外，汪曾祺作品的诗意还存在于那些近乎庸常和琐碎的生活中。《异秉》的发表更能够说明汪曾祺对这一美学追求的坚定和自信。《异秉》原是发表在1948年3月《文学杂志》上的一个短篇，当时的时局和文学格局不可能让这篇小说产生影响，小说也自然不可能引起文学史家的注意。1980年5月，汪曾祺重写并重新发表了《异秉》，一些文学史家认为这是新时期文学30年最好的短篇，

"建立了当代汉语短篇小说乃至整个汉语叙事文学的一个暂时还难以超越的标高"[①]。

《异秉》里面的王二和两个学徒的相公是极平常的凡人和俗人,是市井生活中底层的底层,不像《岁寒三友》中那些人物带有酒意,而酒意是容易产生诗意的。但汪曾祺以一种悲悯的情怀写出这些凡俗之人在生活中的状态以及他们在这种状态之中的生活趣味。

书写日常生活,并从日常生活中找到诗意、找到美感,这在20世纪80年代初期是有创新和先锋意味的,从整个文学的进程来看,这样的书写只不过是一种常识的回归和审美的再发现。事实上,在今天,作家对日常生活的关注和描写,已经是家常便饭,甚至已有评论家对此颇有微词。同样是日常生活的书写,为什么我们今天阅读汪曾祺的小说依然会津津有味,而对一些年轻作家的日常叙事不耐烦呢?

原因是汪曾祺的美学思想中有一个隐蔽的价值取向,就是与读者分享的观念。我们现在的作家在面对日常生活时,往往采取照相现实主义的方法,只是呈现日常生活的面貌,而忽略一个作家的责任。他个人可能在作品中得到了宣泄和快乐,但忘记了小说是要面对读者的。一个人感受到的美感和愉悦是可以独享的,而作为一个作家,他的喜怒哀乐是不可避免地要和

[①] 郜元宝:《从〈异秉〉说开去》,《广州文艺》2008年第7期。

读者分享的。现代主义和传统现实主义的差异就在于有无读者意识,汪曾祺从不标榜自己是现代派,因为他认为文学要"有益于世道人心"。具体怎么才能有益于世道人心,他在《自选集》的序言中写道:"检查一下,我的作品所包涵的是什么样的感情?我自己觉得:我的一部分作品的感情是忧伤,比如《职业》《幽冥钟》;一部分作品则有一种内在的欢乐,比如《受戒》《大淖记事》;一部分作品则由于对命运的无可奈何转化出一种常有苦味的嘲谑,比如《云致秋行状》《异秉》。在有些作品里这三者是混合在一起的,比较复杂。但是总起来说,我是一个乐观主义者。对于生活,我的朴素的信念是:人类是有希望的,中国是会好起来的。我自觉地想要对读者产生一点影响的,也正是这点朴素的信念。""要对读者产生一点影响",正是这样的分享的理念让汪曾祺在写作时,没有顾影自怜,他发现美,挖掘美,他用他的笔呈现出来,并和读者共同享受。这也是他的作品至今能够打动人、让人迷恋的原因。不是写日常就有美感,也不是脱离宏大叙事就有生命力,文学的生命力在与读者的互动过程中产生。

抒情的、以人为本的文学观

汪曾祺称自己的创作是"抒情的人道主义",什么是"抒情的人道主义"?那句"我所追求的不是深刻,而是和谐"是最好的注解。人道主义作为欧洲文艺复兴时期的旗帜,对历史的进步功绩卓著,因而人道主义也成为知识分子炮轰各种反人道、反人性势力和观念的利器,但汪曾祺不是一个手握利器的人,人道主义这么削铁如泥的锋刃他不使,他要按照自己的方式进行改造,未经任何人许可,他给人道主义加上了前缀,"抒情的"人道主义,准确。汪曾祺的用词特点就是准确,他认为准确就有了一种"朴素的美"。抒情的人道主义,很准确也很诗意地概括了汪曾祺的人和文。

汪曾祺的抒情的人道主义,首先体现在他对人性的无条件尊重。欧洲文艺复兴时期的人道主义能够深入人心传至今日,就在于对中世纪存天理灭人欲的神道主义的批判和解构,对人性的解放和歌颂。《受戒》可作为抒情的人道主义的经典之作,《受戒》是描写寺庙里和尚的日常生活或者说和尚的非日常生活,按照世俗的观念,明海和他的师兄们的举动是不正常的,但作为一个正常的人,这些和尚的出格举动又是正常的。荸荠庵虽为佛门圣地,却照样杀猪宰羊吃喝,和尚们娶妻生子,唱情歌,和情人幽会。他们经常打牌,玩铜蜻蜓,套鸡。如果按照《三言二拍》的方式,这些和尚的举动会被写得很龌龊,是该被揭露、被批判、被人所不齿的,但《受戒》却把这些和尚作为普通人看待,给予他们足够的尊重和隐隐的不大容易看出来的欣赏;当然小说的看点还在于对明海和小英子这对童男童女的美好情愫的诗意渲染上,即对爱的欣赏,对人性的欣赏，对世界的欣赏。小和尚明海和小英子的和谐之爱，是人性的光辉，也是最大的人道。爱意充满了汪曾祺的小说，汪曾祺对爱的无限讴歌，是他抒情人道主义创作的主旋律。《大淖记事》中巧云被刘号长破了身子，十一子没有封建主义的贞操观念，依然一如既往地爱着巧云，这是对世俗和所谓的道德的忽视，是以人为本、以人性为本的最好体现。说汪曾祺对人性的无条件的尊重，不仅是他在小说中赋予平常的合理的爱情以诗意和赞美，他对《小孃孃》中为世俗所不容的不伦之爱也充满了同情和理解，小说最后，小孃孃带着晚一辈的情人远走他乡，汪曾祺笔端充满惋惜。

汪曾祺小说里没有大善大恶，甚至缺少真正意义上的坏人，巧云被刘号长破了身子，没有反抗，十一子也没觉得她不美。那个在一般小说中容易成为恶的化身的刘号长在汪曾祺笔下也没有受到特别的谴责和过多的丑化，他喜爱巧云，而且丢下了十块钱，与一般的恶霸淫鬼还是有区别。他带人去殴打十一子，多半是醋意，也是借势欺人。锡匠们在县政府门前的和平请愿，结果刘号长也只是被驱逐出境。如果在另外一些小说家的笔下，这个淫贼可能被锡匠们打死了。

汪曾祺的小说缺少冲突，没有太多剧烈矛盾，他对人物充满悲悯和同情，他对暴力美学是鄙夷的，连锡匠们的反抗都是沉默地顶着香炉跪在县政府的门前。他的作品中人与人日常交际时的方式当然也就更平和，更没有剑拔弩张，他笔下少有刻薄和尖刻的人物，连《异秉》里的嘲谑也带着悲悯。和沈从文不一样的是，沈从文写的乡野男女，容易有野性的大自然的诗意，汪曾祺善写小人物尤其是市井人物，市井人物往往与市侩气联系在一起，但汪曾祺笔下的市井人物有着一种天然的书卷气，无论是高邮城里的店主、画师、医生、教员、匠人、学徒、工友，还是张家口的过客和北京南城安乐居的酒友，他们并没有接受太多的儒家教育，却拥有仁义之心，助人为乐。《岁寒三友》或许应看作汪曾祺人际关系的理想模式，王瘦吾、陶虎臣和靳彝甫"都没有做过伤天害理的事，对人从不尖酸刻薄"，"对地方公益从不袖手旁观"。王瘦吾和陶虎臣在靳彝甫需要资助的时候，为他凑足路费，让这位有才华的画师外出求生；靳彝甫在王瘦吾和陶虎臣生意破产、濒临绝境的时候，毫不犹豫地变卖了祖传的三块田黄石章。就像石杰教授论述的那样："这里几乎没有激烈的矛盾冲突和尖锐的角逐争斗，父母兄弟姐妹间恭孝友爱，邻里乡亲间互助和睦，朋友间相濡以沫，同事间宽和谦敬。人们终年生活于一种和乐安宁之中，即使偶尔生出的怨恨，也带着几分无奈与和缓。"①

很显然，汪曾祺的抒情的人道主义其实是中国式的人道主义，虽然汪曾祺在小说和创作谈中没有明确提出"仁"的主张，但他所欣赏的人物往往以仁为准则，以博爱为纲。充分地尊重人，赞美人性，构成了汪曾祺文学的核心思想。这思想不

---

① 石杰：《和谐：汪曾祺小说的艺术生命》，《中国人民大学学报》1995年第1期。

是壮怀激烈问苍生式的救世主恩赐般的黄钟大吕，是潺潺流水润物细无声的和谐自然。

儒释道的哲学兼容

一个作家的美学思想的构成必须有坚实的哲学基础，美学思想是哲学氤氲出来的精神花朵。汪曾祺的和谐美学的建构自然也离不开哲学的滋润和照耀。在一般人的印象中，汪曾祺似乎是一个性情自在的艺术家，很少谈论深刻的哲学问题。其实，汪曾祺的哲学意味不那么强烈外在，在于他打通了儒释道的哲学通道，已经化哲学为艺术、化哲学为文学，甚至化哲学为语言了，所以人们看到的汪曾祺和他的作品常常有一个平和的、自然的外表，却不知这平和的表象是化百炼钢为绕指柔，在他充满乐感的语言湖面下其实沉淀着深厚的哲学。

一般认为汪曾祺是一个儒者，汪曾祺自己也表示深受儒家哲学的影响，他说："我有个朴素的古典的中国式的想法，就是作品要有益于世道人心。过去有人说，文章千古事，得失寸心知，得失首先是社会的得失……一个作品写出来放着，是个人的事情；发表了，就是社会现象。作者要有'良心'，要对读者负责。"他关于抒情人道主义的自我论证，也是说明他入世的文学观。前面笔者已经论述过，他笔下的那些人物以及所体现出来的人物精神都是以仁爱之心对待世事和人情的。看似散淡的汪曾祺，其实一生的经历并不平凡，新中国成立前他经历战乱，1949年后经历了历次运动，甚至在"文革"结束后他还被清查了一段时间，在诸多的"右派"作家中，他虽然不是苦难最多的，但他的文笔却是最平淡优美的。由于拥有一颗平常之心，他常常能找到精神层面上的某种平衡。这种平衡应该说是儒、释、道等传统哲学的融合带来的，它能让人平和地面对人生的各种变故。这样的人生哲学其实传承的是中国传统文人品格，特别是陶渊明、苏轼、归有光、郑板桥、废名、沈从文等这样一脉带有出世情怀的文人雅士，陶渊明在动乱的东晋时代，没有放弃他清醒的自然观；苏轼在朝廷的起起落落，并没有影响他的人生价值和文学价值的实现；郑板桥是汪曾祺在作品中多次提到的一个文人，郑板桥入世又出世，融儒释道于一身，足见汪曾祺心向往之；归有光、废名、沈从文的文风在影响汪曾祺的同时，他们的哲学人生观也自然浸入他思想的血脉。

汪曾祺早期的小说里有着强烈的道家哲学色彩，《复仇》虽然取材于佛家的故事，但以《庄子·达生》中的"复仇者不折镆干。虽有忮心，不怨飘瓦"为题记，小说最后"凿在虚空里"，是对虚无的一种刻意表达。而《鸡鸭名家》里余老五则近乎庄子笔下庖丁式的人物，物我两忘，自得其乐。晚期的小说，主要通过人物逍遥旷达的生活态度来传递作家的艺术化的生存理想。《徙》是一篇庄子味道极浓的小说，或者说是一篇《逍遥游》的小说版，篇名《徙》和人物名高北溟都取材于

《逍遥游》，小说中的高氏姐妹的命运和《逍遥游》中的鲲鹏和蜉蝣可进行类比。《鉴赏家》中的季匋民有浓厚的出世思想，与果贩叶三结为至交，同室论画，引为知己。这种率性而为、旷达超脱的人生态度也体现在《故乡人》中的王淡人身上，王淡人是以汪曾祺的父亲为原型的，王淡人身上"一庭春雨，满架秋风"般的闲适淡泊、致虚守静、返璞归真也自然而然地"遗传"到汪曾祺的身上。汪曾祺常常自比酒仙，《安乐居》就是他生活的写照，"真我"和"艺术的我"在汪曾祺身上完美地统一，内心的和谐和精神的和谐得到升华。

佛教与汪曾祺的渊源更为深远，他的名字里的"祺"字就有佛教色彩，而且他从小有一段在寺院生活的经历，这段生活后来被他写进了著名的短篇《受戒》中。1990年他还应江苏教育出版社《世界历史名人画传》丛书之邀，写了《释迦牟尼》。这本传记按照佛经的方式写就，是汪曾祺作品中的奇葩，惜乎所阅者寡。汪曾祺的小说，除了《受戒》直接以寺庙为背景外，另一篇《幽冥钟》写高邮承天寺夜半的钟声等意象，表现了佛门救苦救难的思想。《螺蛳姑娘》是对民间传说的改写，表现了佛家善恶报应的观念。由此能够看出汪曾祺对佛学的兴趣和佛学思想对他的熏陶。

儒释道思想对汪曾祺的影响最终形成了独特的"汪味小说"，这"汪味小说"的精华就是汪氏禅味语言。很多人喜欢汪曾祺的语言，认为是地道的中国风格，这没错，但他自己的魅力何在？我认为汪曾祺的语言充满禅味，这不仅是佛家之禅，也是融合了儒释道之后的汪氏禅味，在《鉴赏家》里，季匋民和叶三进行了一段对话之后，小说写道：

季匋民提笔题了两句词：
"深院悄无人，风拂紫藤花乱。"

这是对话，也是禅，是老庄，也是白描。白描见禅，禅亦白描。《受戒》的开口第一句"明海出家四年了"，按照汪曾祺的说法是为小说定的"调子"，但这句话越读越有禅味，耐人咀嚼。汪曾祺是相信读者的悟性的，所以他的语言在平淡中蕴藉着不平凡的智慧意味，这意味来自他对中国传统哲学的艺术化的和谐融合。只有和谐，精神才会超越偏见，只要和谐，美感就不会因为时间而剥蚀、黯淡。

2010年春节于北京

第七讲

汪曾祺的书画美学

如果不阅读汪曾祺的书画作品，是很难完整地理解汪曾祺的艺术世界的。汪曾祺被人们称为"中国最后一个士大夫"，不仅是他的精神情怀，也包含他的身手和技艺。汪曾祺是杰出的小说家、散文家、戏剧家、美食家，同时还是优秀的书画家。中国书法家协会副主席林岫先生在回忆与汪曾祺的交往时说到，"有次在军事博物馆书画院参加京城书画家公益笔会，会后席间书画家闲聊，笔者谈及汪先生的国画小品，又用了'可亲可爱'四字，大画家汤文选先生问，何以'可亲可爱'，笔者遂略述数例，举座服之，汤先生笑道，确实可亲可爱。只是汪先生低调不宣，画人大都不知……"林岫先生说的是实情，直到现今汪先生的书画作品的市价也不如一些二流的书画家高，甚至一些在世的作家的书画作品也超过他。虽然市价不是衡量艺术品的标准，但在某种程度上低调的汪曾祺确实是被高调的社会文化遮蔽了。

林岫先生作为一位当代书画大师，对汪曾祺先生的书画作品有着深刻的体悟和独到的理解。汪先生写书法作品，很随意，没这样那样繁琐的讲究，只要"词儿好"。逢着精彩的联语或诗文，情绪上来便手痒，说"这等美妙诗文，不写，简直就是浪费"。汪先生本有散仙风度，书擅行草，虽然走的是传统帖学路子，但师古习法从不肯规循一家。其书内敛外展，清气洋溢，纵笔走中锋，持正瘦劲，也潇洒不拘，毫无黏滞，颇有仙风道骨。问其学书来路，答"一路风景甚佳，目不暇接，何须追究"；见其大字，撇捺舒展如猗猗舞袖，问"可否得力山谷（黄庭坚）行草"，答"也不尽然"；问"何时写作，何时书画"，答"都是自由职业，各不相干，随遇而安，统属自愿"；问"如何创作易得书画佳作"，答"自家顺眼的，都是佳作。若有好酒助兴，情绪饱满，写美妙诗文，通常挥毫即得。若电话打扰，俗客叩门，扫兴败兴，纵古墨佳纸，也一幅不成"。

林岫记录了当时交往的对谈，极为珍贵。汪曾祺关于文学的访谈较多，谈自己文学作品的文章也多，说自己书画作品的却很少。现在作家喜爱书画创作的不少，但都是朝着文人书画或名人书画的方向努力，也就是说书画并不是他们少年的理想。汪曾祺的书画是有童子功的，不是成名之后才对书画感兴趣的。可以这样说，汪曾祺的最早创作是书画。根据一些相关资料记载，汪曾祺在很小的时候，祖父汪嘉勋就指导他练习书法，大字写《圭峰碑》，小字写《闲邪公家传》。父亲汪菊生热爱书画，汪曾祺从小就受到父亲的影响，喜欢画画，尤其喜欢看父亲画画。在高邮县立第五小学读书期间，汪曾祺遇上敬业精神强且功力深厚的周席儒先生，在他的严格要求和指导下，汪曾祺的基础打得很扎实。汪曾祺的文学天赋和书法才能，很快得到了祖父和父亲的器重，他们聘请本地两位名流指导汪曾祺。一位是张仲陶先生，指导汪曾祺学《史记》；另一位是韦子廉先生，指导汪曾祺学桐城派古文、学书法。如果不是后来在西南联大遇到沈从文先生，汪曾祺也许会成为沈鹏那样的书法大师。有意思的是，汪曾祺和沈鹏同样是江阴南菁中学的学生，20世纪50年代后期，沈鹏作为文化部的干部下放到汪曾祺的故乡高邮一沟乡，这或许为沈鹏后来的艺术生涯做了神秘的铺垫。这是另外一个话题，容笔者择机再述。

书画美学对汪曾祺文学创作的影响，首先体现在选材上。汪曾祺直接描写书画家生活的小说就有《金冬心》《鉴赏家》《岁寒三友》三篇。《金冬心》直接以扬州八怪的代表人物金农为主人公，写出了他与袁子才等的交往，并通过一场豪宴展示当时的文人文化和饮食文化。而《岁寒三友》写市民阶层的画师靳彝甫与另外两个朋友的生存状态和仁义友情，小说的题目也是中国书画最常见的主题,且汪曾祺以松竹梅三种中国文人最爱画的意象来暗示人物的性格和命运,小说一波三折,画意和文意达到了高度的融合。《鉴赏家》与其说是汪曾祺塑造了一个独特的鉴赏家叶三的形象,还不如说是汪曾祺通过小说来体现自己的书画美学。这篇小说写水果贩子叶三和大画家季匋民的知音之遇,是草根与精英灵犀相通的故事,也是汪曾祺的书画美学宣言。从小说的文本来看,这篇小说可以说是汪曾祺的夫子自道,作家幻化成两个人物在对话,追求艺术的理想境界。画家季匋民是汪曾祺的化身,鉴赏家叶三也是汪曾祺的化身。小说中的这样一段对话很有意思:

叶三只是从心里喜欢画,他从不瞎评论。季匋民画完了画,钉在壁上,自己负手远看,有时会问叶三:

"好不好?"

"好!"

"好在哪里?"

叶三大都能一句话说出好在何处。

季匋民画了一幅紫藤,问叶三。

叶三说:"紫藤里有风。"

"唔!你怎么知道?"

"花是乱的。"

"对极了!"

季匋民提笔题了两句词：

"深院悄无人，风拂紫藤花乱。"

如果看过汪曾祺的书画集，不难看出，这里面带着他自己的影子。《红楼梦》最早以篇名"石头记"传世时，曾经有署名脂砚斋的人为其作批注，迷倒了多少人，也迷惑了多少人。这里的叶三就是脂砚斋式的点评。熟悉汪曾祺先生的林岫说，汪曾祺画兰草，题"吴带当风"；画竹，题"胸无成竹"；画紫藤，题"有绦皆曲，无瓣不垂"；画凌霄花，题"凌霄不附树，独立自凌霄"；画秋荷，题"残荷不为雨声留"；画白牡丹两枝，题"玉茗堂前朝复暮，伤心谁续牡丹亭"；画青菜白蒜，题"南人不解食蒜"，皆画趣盎然，语堪深味。这种题款方式，明显是汪曾祺式的，或者是汪曾祺身体力行的理想方式。

《鉴赏家》同时还传达了汪曾祺的书画价值观，金钱有价，艺术无价。小人物叶三得到了季匋民赠送的不少精品，季匋民去世后，价格疯涨，尤其在海外、在日本拥有很大的市场，但叶三坚决不出手，多少钱也不出手。虽然作为果贩的叶三生活并不宽裕，但他至死也没有卖季匋民的作品，叶三死后，他的儿子将季匋民的精品放进了叶三的棺材，一起埋了。知音，热爱，艺术，遂成绝唱。这对我们今天的收藏热、鉴赏热、拍卖热仿佛是一个提前的批判。

汪曾祺的书画创作受到中国传统文化的巨大影响，特别是中国文人书画传统的影响。由于出生在江苏高邮，且晚清民国，扬州八怪的艺术精神在当地根深蒂固、源远流长，汪曾祺的书画对扬州八怪充满了向往，并潜心追随、诚心师化。在《鉴赏家》里，他通过季匋民的视角来书写自己的艺术理想："季匋民最爱画荷花。他画的都是墨荷。他佩服李复堂，但是画风和复堂不似。李画多凝重，季匋民飘逸。李画多用中锋，季匋民微用侧笔，——他写字写的是章草。李复堂有时水墨淋漓，粗头乱服，意在笔先；季匋民没有那样的恣悍，他的画是大写意，但总是笔意俱到，收拾得很干净，而且笔致疏朗，善于利用空白。他的墨荷参用了张大千，但更为舒展。他画的荷叶不勾筋，荷梗不点刺，且喜作长幅，荷梗甚长，一笔到底。"汪曾祺对季匋民的荷花分析得如此细腻和准确，不仅体现了他高深的绘画修养，同时也是汪曾祺绘画创作的内在追求。小说人物季匋民的原型取自高邮的画家王陶民，王陶民是和刘海粟同时代的大画家。笔者曾经见过王陶民的荷花作品，也见过汪曾祺创作的《荷塘月色》，这里说的境界，就是汪曾祺的绘画境界的自我写照。与其说季匋民佩服李复堂，不如说汪曾祺佩服李复堂，这也是汪曾祺没有使用王陶民原名的原因，因为王陶民的作品有不少是山水长幅，而李复堂则以花鸟胜。汪曾祺的绘画多花鸟小品，少山水泼墨，也和李复堂一样。如果把汪曾祺和李复堂的画作进行比较，就会发现，二者精神一脉相承,甚至连题款也与李复堂多有相似,比如林岫提到的"南人不解食蒜",就是从李复堂那里化出来的。

扬州八怪的创新精神也深刻地影响着汪曾祺的艺术品格。打破陈规,勇于创新,是扬州八怪在书画创作上的独立品格。汪曾祺的书法喜欢用"破体",他的书法作品将隶篆行楷融为一体,也就是郑板桥的"乱石铺街"。"破体",在书法上属于不拘一格又暗藏章法的创新书体,就是多种字体同时出现在一幅作品中。这与汪曾祺的文学理想密切相关,他说"年轻时曾想打破小说、散文、诗歌的界限",这种跨文体的写作其实也是一种"破体"。这种"破体"在绘画中干脆打破了书与画的界限。例如他本欲画杨万里"小荷才露尖尖角,早有蜻蜓立上头"的诗意,先突兀挥笔,画了一柄白荷初苞,正想下笔画蜻蜓,因午时腹饥,停笔去厨间烧水,炉火不急,水迟迟不开,便转身回来,画小蜻蜓方振翅离去,题"一九八四年三月十日午,煮面条,等水开作此"。汪先生说"我在等水,小蜻蜓等我,等得不耐烦了,飞走了"。林岫评价说"信非大作手不得有此雅趣,信非真性情人亦不得有此童心"。现在画家画杨万里此句,几成模式,都画小蜻蜓站立荷苞,呆呆地,"千画一律",毫无趣味,观者自然审美疲劳,汪曾祺的《蜻蜓小荷》,笔墨极简,趣味隽永,且寓文于画,破画之常规,可谓文中有画,画中有文。

中国书画美学对汪曾祺的影响还体现在艺术形式上。我在《汪曾祺的意象美学》一讲中曾说过汪曾祺小说中,"有一种类似套装或组合的特殊结构,这就是'组结构',组结构是以三篇为一个单元,形成似连还断、似断又连的组合体。三篇小说之间,情节自然没有联系,人物也没有勾连,有时候通过空间加以联系。有《故里杂记》(李三·榆树·鱼)、《晚饭花》(珠子灯·晚饭花·三姊妹出嫁)、《钓人的孩子》(钓人的孩子·拾金子·航空奖券)、《小说三篇》(求雨·迷路·卖蚯蚓的人)、《故里三陈》(陈小手·陈四·陈泥鳅)、《桥边小说三篇》(詹大胖子·幽冥钟·茶干),六组十八篇,在汪曾祺的小说中占有相当高的比例。"

汪曾祺为什么对这种形式如此偏爱?或许源自他高深的书画修养。这些作品的组合方式,其实是中国书画最常见的一种摆布方式,就是"条屏"。单独放置的书画作品叫条幅,并置的几幅作品叫条屏,有四条屏、八条屏等多种形式。"条屏"的创作往往有异质同构的特点,内容上似断实连。汪曾祺的这些套装的组合小说实际是书法美学的融化和变通。

汪曾祺性情冲淡,与人为善,在文学创作上更是喜欢奖掖后生,提拔新人,对作家同行很少议论,更不会撰文批评和质疑。有趣的是,在书法上他不止一次地发出强烈的批评之声,和他一贯的温良恭俭让的风格反差巨大。在《字的灾难》一文中，他点名批评名家刘炳森、李铎的招牌字浮躁、霸悍，认为他们缺少社会责任，同时认为北京街上的招牌字上，就能看出现在"北京人的一种浮躁的文化心理"，"愤愤不平的大字，也许会使顾客望而却步"。汪曾祺认为招牌字写得美观很重要，希望"北京的字少一点，写得好一点，使人有安全感，从容感"，并认为这个问题的重要性不亚于加强绿化。汪曾祺的批评体现了一个文人的艺术情怀，但在一个艺术与商业合谋的文化产业年代，招牌字的霸悍已经成为老板们的共同趣味。

汪曾祺在1959年被打成"右派"下放张家口的时候，在沽源马铃薯研究站，曾经花了三年时间，画过一本《中国马铃薯图谱》。这是他一生画过最多的马铃薯，他先画花朵，再画果实，然后切开，再画剖面。这部画作耗了他多年时间心血，遗憾的是这本图谱画好后遗失了。如果能找到，将对研究汪曾祺的书画美学和写实思想，都会有很大的帮助。马铃薯的画谱是带有科研性质的，因此笔法必然是写实的素描，当时的照相技术有限，那么汪曾祺如何在科研的著作中体现他的艺术禀赋，在写实的笔法中体现他重意轻形的意趣？据汪曾祺自己说，当时条件极其艰难，没有印章，也没有印泥，他就自己找点红颜色画印章，他画过"军台效力"和"塞外山药"等印，"塞外山药"容易理解，汪曾祺自比山药。而"军台效力"则是用典，沽源，原清代传递军书公文的驿站，又称军台。清代官员犯了罪，敕令"发往军台效力"。可惜的是汪曾祺耗费了三年心血的《中国马铃薯图谱》不知遗落何处，《中国马铃薯图谱》若重见天日，将是一件重磅的艺术作品和文物。

2014 年 10 月 3 日

完稿于泰州凤城河畔

（本文的写作参考了林岫先生的《汪曾祺的书与画》）

第八讲

汪曾祺的民间性

2020年是汪曾祺先生诞生一百周年、赵树理先生逝世五十周年，虽然两位先贤已经不在人间多年，但人们对他们的怀念和研究却始终没有停止过。赵树理作为新文学的代表性作家，一度还被尊奉为"赵树理方向"①，其影响力自然不用说，而之前文学史家们评价并不怎么高的汪曾祺，近年来形成了一股小小的"汪曾祺热"。汪曾祺被有些学者称为"最后一个士大夫"②，属于文人作家的代表人物，赵树理则是新中国民间

---

　　① "赵树理方向"，最早在1947年7月晋察冀豫边区文联座谈会上提出，同年8月10日陈荒煤在《向赵树理的方向迈进》一文明确提出。
　　② 孙郁：《革命时代的士大夫：汪曾祺闲录》，生活·读书·新知三联书店2014年版。也有人认为士大夫的称谓不太合适，因为士大夫一般是指官员身份的文人，而汪曾祺始终没有占据官员的位置，是"士"，不是大夫，笔者也有同感。

叙事尤其是农村叙事的代表人物。两人看上去有点不搭，从表现形态上看，一个属于雅的，一个属于俗的；就写作的题材来看，汪曾祺描写的是南方水乡的灵动和韵致，赵树理描写的则是北方山地的厚重和悠远，可谓南辕北辙。但如果仔细研究他们的作品会发现他们之间居然有神奇的相通之处，一种奇妙的联系。

值得一提的是，汪曾祺和赵树理一起共过事，新中国成立初期，汪曾祺在《说说唱唱》编辑部担任编辑，后来汪曾祺离开北京文联到中国民间文艺家协会的《民间文学》担任编辑，而赵树理正是《民间文学》的副主编，汪曾祺还担任过编辑部主任，和赵树理有了较长时间的接触，汪曾祺写的《赵树理同志二三事》[①]里面记载过这一段交往，对赵树理给予了很友善的评价。汪曾祺后来多次提及《说说唱唱》和在《民间文学》与赵树理共事的经历，认为一个戏曲作家不学习民歌，是写不出好唱词的，写小说的，不读一点民歌和民间故事，就不能成为一个好的小说家，可见汪曾祺非常珍视在《说说唱唱》和《民间文学》的编辑生涯。有趣的是，新时期汪曾祺复出文坛的第一篇作品是关于民间文学的，不是小说，不是散文，也不是戏剧，而是一篇名叫《"花儿"的格调——兼论新诗向民歌

---

① 汪曾祺：《赵树理同志二三事》，《今古传奇》1990年第5期。

学习的一些问题》的论文。① 和赵树理的交往，对民间文学的了解和熟悉，对汪曾祺小说创作的影响是潜移默化的，这也是汪曾祺的作品经久不衰至今流传的原因之一吧。

生活的暖色

中国新文学的一个重大变化，不仅在于从文言走向白话，还在于塑造了一批新的人物形象，特别是农民形象的出现，建造了一个新的前所未有的人物画廊。中国是一个农业大国，也是以农民为主体的国家，但中国古代文学作品却缺少农民形象的塑造，尤其是中国古典小说几乎没有正面去触及农民的生活，《水浒传》被称为描写农民起义的长篇小说，但全篇只有一位真正的农民，这个农民甭说和宋江、卢俊义、吴用等人物相比，就是和阮氏三雄、鼓上蚤相比也是路人甲路人乙，可以说是边缘的边缘。这个农民叫陶宗旺，是庄家田户出身，落草之后，江湖称"九尾龟"，使的兵器很农民，"惯使一把铁锹，有的是气力"，全篇除了用铁锹作为撒手锏有些农民的个性外，并没有什么与农民有关。连号称写农民起义的长篇小说都不能塑造栩栩如生的农民形象，其他的作品

---

① 汪曾祺：《〈大淖记事〉是怎样写出来的》，《晚翠文谈》，浙江文艺出版社1988年版。

就更不用说了。

五四新文学运动则塑造了一大批的农民形象，鲁迅、茅盾、叶圣陶、李劼人等以乡村生活为题材的小说，尤其是鲁迅先生笔下的阿Q、祥林嫂、闰土等都成为典型人物，但受到当时启蒙文化运动的影响，这些作品中的农民基本上是木讷、麻木的悲剧形象。赵树理的作品给人耳目一新的感觉，不仅带着前所未有的新鲜的泥土气息，而且带来了崭新的农民形象，无论是《小二黑结婚》还是《李有才板话》，里面的农民形象不再如祥林嫂和闰土般麻木和愚昧，他们健康欢乐，有喜怒哀乐，一改农民身上沉闷、悲凉的受迫害受侮辱的基调，新的农民形象跃上了文坛。可以说，赵树理的小说开启了中国农民形象的暖色基调，和以前的冷峻色调形成了鲜明的对比。

20世纪70年代末和80年代初是汪曾祺的创作高峰期，当时正是"伤痕文学"流行的时代，汪曾祺的同代人都是以悲剧的方式来反映历史和现实，而汪曾祺则奉行"人间送小温"的美学理想，在痛苦的人生中展现人性的光芒和爱的力量。他的《受戒》《大淖记事》都是写底层社会人群的生存状态的，但都以爱的暖意和人性的光辉照亮全篇。短篇小说《岁寒三友》虽直接写世态炎凉，写生活的困境与窘迫，但小说结尾处外面一片大雪里面三人热饮的场景，就是他倾心表达的暖——"人间小温"。汪曾祺小说的暖色调，照亮了普通人的生活，以至于他笔下的风景、民俗、俚语等都变得那么可爱，和鲁迅笔下的冷峻构成了鲜明的对比。

一个作家选择用什么样的色调写作，无论是暖色调还是冷色调，都是很正常的，都能产生伟大的作品。汪曾祺"人间送小温"的文学理念形成于晚年，之前的创作并没有明确形成"小温"的价值理念[①]，比如早期的《复仇》就是一个基调相对忧郁阴冷的小说，和后来的小说是不同的两个腔调。赵树理的创作源于民间天然的文化形态，而中国民间文化自身的乐观和发自内心的喜感，让赵树理笔下的人物没有忧郁和愁苦。现在很难说当初和赵树理的交往有没有影响到汪曾祺的小说观念的转变，但两人对待生活采取的非悲剧痛感的美学观照方式，是相通的。汪曾祺多次提到"回到现实主义，回到民族传统"，也是对赵树理多年奉行民间写作、民族叙事的一个遥远的呼应。

描写民俗的高手

汪曾祺重出文坛，正是"伤痕文学""反思文学"最热的

[①] "人间送小温"最早见于汪曾祺画作《水仙》题诗《书画自娱》一诗，刊于《中国作家》1992年第2期封二"作家作画"栏。《书画自娱》中汪曾祺写道："《中国作家》将在封二发作家的画，拿去我的一幅，还要写几句有关'作家画'的话，写了几句诗：我有一好处，平生不整人。写作颇勤快，人间送小温。或时有佳兴，伸纸画芳春。草花随目见，鱼鸟略似真。唯求俗可耐，宁计故为新。只可自怡悦，不堪持赠君。君若亦欢喜，携归尽一樽。"汪先生对此诗尤为看中，之后多次书写书法作品送人，爱用此诗。

时候，但他引起人们关注的不是意识形态的话题，而是小说里呈现出来的优美的风俗画。小说里风俗民情的描写，常常是小说的有机组成部分，19世纪以来西方的一些小说被称为"风俗画"，也是说明小说这一大功能。汪曾祺认为民俗风情乃是"集体创作的生活抒情诗"，[①]他的小说里充满了对民俗的描写。赵树理的小说以民间性取胜，他的作品里充满了民间的俚语俗事，时常可以读到一些民间文化的段落，自然可以理解，而汪曾祺以文人雅士著称，但两人在描写民俗风情方面都是高手，都使之成为小说的亮点。

他们不约而同地描写了当地的特定风俗习惯，汪曾祺的小说很多直接以民俗进入小说，以至有人惊讶于汪曾祺"还可以这么写"小说，在《受戒》的开头，大片叙述乡村的寺庙生活的习俗，《大淖记事》的开头也是大段大段地描写大淖这个地方的民俗乡情，犹如一幅慢慢展开的风俗长卷。《受戒》全篇三分之二的篇幅都在介绍一个地方的特殊的民俗，比如和尚娶妻生子、赌钱喝酒，甚至在佛殿上杀猪，当和尚也是一种职业，也是为了赚钱营生。受戒是佛教的剃度，是为了到处云游有斋就吃，还"不把钱"，貌似庄严肃穆隆重的盂兰会，反而成了年轻漂亮和尚出风头的机会，善因寺方丈竟然有个十九岁的小老婆。赵树理的小说也非常善于描写乡村生活的民俗，

[①] 汪曾祺：《谈谈风俗画》，《钟山》1984年第3期。

《三里湾》也像《受戒》一样不厌其烦地描述了王宝全、王金生的居住环境，从东南西北四个方位来介绍窑洞房子及其使用习俗和功能，如西边四孔窑洞的分工是这样的：金生、玉生兄弟俩已娶妻成家，各住一孔；王宝全老两口住一孔，女儿玉梅住一孔，但却是套窑，与父母住的那孔窑相通，有窗无门，进进出出必须经过父母的门。赵树理描写太行山这样的窑洞民俗文化和汪曾祺描写高邮里下河地区的"水文化"民俗，可谓异曲同工，山地文化和水乡文化各自散发出自己的光辉。

小说的民俗描写除了能够营造特定的地域氛围和人文环境外，还和人物的命运息息相关。赵树理小说喜欢描写晋东南的婚恋习俗，貌似有点"猎奇"，有点展示奇风异俗的"嫌疑"，其实是和人物性格的形成及故事的展开密不可分。《小二黑结婚》里关于说媒和相亲的民俗的描写，实际是和小二黑与小芹的自由恋爱故事相关联。《登记》中的"罗汉钱"是小飞蛾和艾艾母女两代人都曾用过的爱情信物，也是晋东南特有的习俗，既是一种暗示，也是一种隐喻。

赵树理小说的民俗和人物的性格、命运联系得较为密切，汪曾祺小说的故事性不像赵树理的那么强，他追求的散文化让民俗风情风物有时候几乎成为小说的主体，但即便如此，也不是闲笔，也是与小说融为一体的。一般认为汪曾祺善写民俗，会写民俗，但他不是一味地见风俗就写。他认为，有些风俗，与人物的关系不大，尽管它很美，也不宜多写，风俗要与人的行为心理有机地融合，比如放荷灯是里下河悼念亡灵的一种风俗，夜晚，荷灯漂浮在倒映出星空的水上，渐渐地离去，场景异常凄美，但汪曾祺认为这和表达十一子和巧云的爱情不太吻合，有点游离于人物情感之外，汪曾祺考虑再三还是舍弃了。《受戒》中的民俗虽多但没有一处游离于人物性格之外，比如对盂兰会的描写，其实是和明海与小英子的爱情萌动有着一种潜在的联系：

> 七月间有些地方做盂兰会，在旷地上放大焰口，几十个和尚，穿绣花袈裟，飞铙。飞铙就是把十多斤重的大铙钹飞起来。到了一定的时候，全部法器皆停，只几十副大铙紧张急促地敲起来。忽然起手，大铙向半空中飞去，一面飞，一面旋转。然后，又落下来，接住。接住不是平平常常地接住，有各种架势，"犀牛望月""苏秦背剑"……这哪是念经，这是耍杂技。也许是地藏王菩萨爱看这个，但真正因此快乐起来的是人，尤其是妇女和孩子。这是年轻漂亮的和尚出风头的机会。一场大焰口过后，也像一个好戏班子过后一样，会有一个两个大姑娘、小媳妇失踪，——跟和尚跑了。

放焰口是佛事，也是民俗，民俗背后是"一场大焰口过后,也像一个好戏班子过后一样,会有一个两个大姑娘、小媳妇失踪,——跟和尚跑了",这些庙里的"段子"看似闲笔,其实都是在为后面小英子和明海的情窦初开埋下伏笔。和尚在一般人的心目中,应该是六根清净的,而善因寺的这几个和尚娶老婆、杀猪、打牌,充满了人间的世俗气息,很难和佛门圣地联系在一起。因而对小英子来说,见惯了这些和尚的日常举动,才会主动提出来要给明海当老婆,要不"受戒"仪式刚刚完成,明海怎会和小英子有湖上那样一段让人心旌摇荡的描写:"英子跳到中舱,两只桨飞快地划起来,划进了芦花荡。芦花才吐新穗。紫灰色的芦穗,发着银光,软软的,滑溜溜的,像一串丝线。有的地方结了蒲棒,通红的,像一枝一枝小蜡烛。青浮萍,紫浮萍。长脚蚊子,水蜘蛛。野菱角开着四瓣的小白花。惊起一只青桩(一种水鸟),擦着芦穗,扑鲁鲁鲁飞远了。"这当然是爱情的象征,也是爱情的升华。

《大淖记事》讲的婚嫁习俗,极少是明媒正娶,"媳妇多是自己跑来的,姑娘一般是自己找人"。作者在介绍了这样一种风俗后,接下来巧云妈的私奔和巧云与十一子的相爱就合乎情理了,这里的人们有自己的生活方式、伦理道德观念和是非标准。汪曾祺通过风俗的外衣,写出了芸芸众生对人性的诉求,也写出了对于美好生活、美好爱情的向往。和《小二黑结婚》的破旧俗、立新风一样,大淖人们的婚俗早就"新社会"了。

白描与绰号

汪曾祺和赵树理都是地道的"中国味",中国味的一大特点就是雅俗共赏,而不是俗不可耐,也不是雅到阳春白雪、曲高和寡,所谓的大雅大俗,就是俗中见雅,雅能入俗,这有点像中国哲学的入世和出世的关系。所谓"大隐隐于市",也是大俗大雅的意思。汪和赵都是熟悉中国传统文化和民间文化的,他们深知影响雅俗之间的那堵墙在哪里。赵树理是从俗入手,俗到极致的时候,反而呈现出一种天然的雅趣。这个极致,当然是作家内心的那杆秤,审美的那杆秤。没有审美的那杆秤,就真的像赵树理说的"地摊文学"了。孙谦谈到赵树理的语言时说,他"没用过一句山西的土言土语,但却保持了极浓厚的地方色彩;他没有用过脏话、下流话和骂人话,但却把那些剥削者、压迫者和旧道德的维护者描绘得惟妙惟肖,刻画得入骨三分。赵树理的语言极易上口,人人皆懂,诙谐成趣,准确生动。这种语言是纯金,是钻石,闪闪发光,铿锵作响……"[1]

---

[1] 孙谦:《思念赵树理同志》,《汾水》1978年10月号。我在查阅孙谦这段话的出处时,发现《汾水》杂志现在更名为《山西文学》了,其实《汾水》这个刊名和山药蛋派,与赵树理的风格特别吻合。当然,《汾水》刊名的消失,也意味着山药蛋派的终结,至少平台已经终结。大本营的消失,也意味着流派完成了使命。——作者注

而汪曾祺曾经非常崇拜伍尔夫等西方现代派作家,他对西方现代派的熟稔和理解,落到笔下的时候却都是寻常的大白话,比如《受戒》的开头"明海出家四年了",和赵树理的口语如出一辙,他们最得心应手的,都是中国小说最传统的白描手法,可谓是洗尽铅华见真容。

赵和汪都是白描的高手,两者几乎把白描推到当代文学的高峰。赵树理在《小二黑结婚》中对三仙姑的白描已经成为经典:

> 三仙姑却和大家不同,虽然已经四十五岁,却偏爱当个老来俏,小鞋上仍要绣花,裤腿上仍要镶边,顶门上的头发脱光了,用黑手帕盖起来,只可惜官粉涂不平脸上的皱纹,看起来好像驴粪蛋上下上了霜。

赵树理是借美写出了"丑",而汪曾祺在《大淖记事》中这样写巧云:

> 巧云十五岁,长成了一朵花……瓜子脸,一边有个很深的酒窝。眉毛黑如鸦翅,长入鬓角。眼角有点吊,是一双凤眼。睫毛很长,因此显得眼睛经常是眯眯着;忽然回头,睁得大大的,带点吃惊而专注的神情,好像听到远处

有人叫她似的。她在门外两棵树杈之间结网,在凈边平地上织席,就有一些少年人装着有事的样子来来去去。她上街买东西,甭管是买肉、买菜……同样的钱,她买回来,分量都比别人多,东西都比别人的好。

汪曾祺自己坦陈这段描写受到民歌和《古诗十九首》的影响,这种客观的白描,是中国小说的精华,两人都运用得出神入化。

  白描的艺术或许不足以说明他们在艺术创作上的共同追求,因为白描作为中国小说最传统的手法,虽然赵树理和汪曾祺用得高超,但也属于家常手艺,不能说是独家经营的绝技。但给人物起绰号这样的手段,二位也有着相同的偏爱。王国平在《"外号大王"》[①]一文中有着详细的论述,比如《异秉》1980年重写的版本,出现了一个"卖活鱼的疤眼",他得过外症,治愈后左眼留了一个大疤。小学生想起课堂上所学的,在"疤眼"这个外号的基础上再往前推进一步,喊他"巴颜喀拉山"。这个外号可能在很多人的中学时代都会给同学起,尤其是学过初一地理课以后。美食家汪曾祺起绰号当然也与吃联系到一起,《非往事·鞋底》有个读小学二年级的八岁孩子,姓

[①] 王国平:《"外号大王"》,《汪曾祺的味道》,新星出版社2017年版。

萨,整座楼的孩子都叫他"萨其马",由"萨"而"萨其马"。《故乡的食物》写到"蒌蒿",说小学有个同班同学,姓吕,"我们就给他起了个外号,叫'蒌蒿薹子'"。《草木春秋·车前子》说张家口的山西梆子剧团有个老生演员,外号是"车前子"。这就奇怪了,没说人家姓"车"。原来他的演出无聊无趣,不太受欢迎。他一出场,农民观众才不顾及你的什么颜面,反正"尿点"到了,纷纷起身上厕所。大家打趣说这个人利小便。而车前子这味药材恰好可利小便,于是"车前子"的外号送上门了。在《八千岁》里,主人公号称八千岁,传说是靠八千钱起家的,汪曾祺分析了一下,八千钱也就是八千个制钱,即八百枚当十的铜元。当地以一百铜元为一吊,八千钱也就是八吊钱。按当时银钱市价,三吊钱兑换一块银元,八吊钱还不到两块七角钱。两块七角钱怎么就能起了家呢?再说了,为什么是整整八千钱,不是七千九,不是八千一?"这些,谁也不去追究,然而死死地认定了他就是八千钱起家的,他就是八千岁!"

与汪曾祺相比,人们记住赵树理笔下人物的不是姓名而是他们的绰号,赵树理在他的小说中大量地使用富有太行山地区民俗风格的绰号:小腿疼、糊涂涂、常有理、铁算盘、惹不起、三仙姑、二诸葛……比如我们现在提起《小二黑结婚》立马想到的就是三仙姑、二诸葛这些性格鲜明的人物。赵树理被称为语言大师,其语言的魅力也是体现在起名字的能力上。都是起绰号,汪曾祺还被称为"外号大王",但这一点上,赵树理更胜一筹。这也是汪曾祺对赵服气的原因,在语言上汪曾祺看得上的作家不多,恩师沈从文除外,还有老舍、废名、孙犁,对赵树理的语言也是称赞的。

当然,给人物起绰号也是中国传统小说最常用的手法,《水浒传》几乎是个人物绰号大全,对中国小说的创作影响极大,汪曾祺也曾经著文专门谈过《水浒传》里人物的绰号,可以说,绰号的方式是最中国化的白描手段,是白描中的白描。

"山药蛋"与"里下河"

赵树理和汪曾祺的文学贡献还在于影响了一代人的写作,成了一个时代的文学思潮的母版。赵树理作为意识形态的需要,当时就成为"赵树理方向"了,对1949年以后的农村题材创作产生了极大影响,他的《李家庄的变迁》几乎成为后来描写长篇小说的结构样板,《创业史》《槐树庄》《艳阳天》等都沿袭着他的这种"变迁模式",遗憾的是文学史研究者很少有人发现它们之间的内在联系。赵树理还带出了一个"山药蛋"文学流派。在赵树理小说的影响下,山西出现了当代文学史上最重要的流派——山药蛋派作家群,马烽、西戎、李束为、孙谦、胡正等山西本土作家创作了一批现实感强、风格鲜明的乡土小说，这五位作家，人称"西李马胡孙"，汪曾祺在《赵树理同志二三事》中也幽默地提及他们。赵树理作为山药蛋派的旗帜，在当代文学史上尤其在"十七年"文学史上占有极其重要的位置，山药蛋派和荷花淀派各自支撑了1949年以后的现实主义小说的半壁江山，使这一阶段的小说创作在苍白之中依稀有几分亮色。赵树理的《登记》《三里湾》等小说撇开强烈的时代色彩外，还体现了个人的审美特色。很显然，赵树理方向不仅影响了山西作家的写作，对柳青、路遥等人的写作也产生了深刻影响，是当代乡土现实主义写作的奠基石。"山药蛋派"作为一个流派在当代文学史上占据着一席之位。

汪曾祺没有赵树理那么幸运，他也一直认为自己是上不了"头条"的作家，但崇尚汪曾祺风格的作家一直不在少数，汪味小说也在文坛绵延不绝。近年来日渐被文坛关注的里下河文学，则勇敢地举起汪曾祺的大旗，聚集了一些优秀的小说家。里下河不是一条河，是江苏苏中地区的一块水域，包含泰州、扬州、盐城、南通等地，这片地域在当代文学史上涌现了像汪曾祺、李国文、陆文夫、曹文轩、毕飞宇等小说名家，所以有论者称里下河是文学的一条河。和赵树理当年就成为山药蛋派的一面旗帜不一样的是，里下河文学是汪曾祺去世多年以后，里下河地区的作家长期默默地受他的熏陶，于是尊奉他为里下河文学的一面旗帜。近年来出现的小说家朱辉、刘仁前、顾坚、庞余亮、刘春龙、黄跃华以及年轻的庞羽、严孜铭等都深受汪曾祺影响，形成了一个很有特点的作家群，有人称之为里下河文学流派。当然，里下河文学作为一个流派可能还需要时间的考验，至少还在成长之中，但赵树理、汪曾祺作为一代宗师，其影响流韵久远。

赵树理和汪曾祺都是具有中国味的优秀作家，他们都植根于中国的民间文化，这一点对赵树理来说显而易见，而对于汪曾祺，人们只看到他文人的一面，似乎与民间文学关系不大，汪曾祺自己说过："我曾经编过大约四年《民间文学》，后来写了短篇小说。要问我从民间文学里得到什么具体的益处，这不好回答。这不能像《阿诗玛》里所说的那样：吃饭，饭进到肉里；喝水，水进了血里。"[①] 进入血液里的养分是看不见的，但滋润出来的文字和精神，是骨子里的中国。

2020年3月5日初稿于凤城河畔
3月23日定稿于北京润民居

[①] 汪曾祺：《我和民间文学》，《民间文学》1985年第4期。

第九讲

汪曾祺与里下河文学

今天讲汪曾祺与里下河文学，很惭愧，没有讲稿，只有一个提纲。没有讲稿，我也有信心讲，因为我觉得不仅在江苏，即使在全国，能够轻松自如，无须很多准备就能谈里下河文学的，我还是十个人之一、五个人之一，甚至是三个人之一。对此，我是有文化自信的。当然我也是在午休时间做了些准备。今天主要讲这样几个问题。第一个问题，里下河文学的由来；第二个问题，为什么是汪曾祺？第三个问题，为什么不是毕飞宇、曹文轩？因为大家知道，毕飞宇和曹文轩也是我们里下河文学非常重要的作家；第四个问题是里下河文学的三大特点；第五个问题是里下河文学是不是流派，这是一个大家比较感兴趣的也是一个比较敏感的话题，一般人不敢讲。我反正是回到家乡，家乡的孩子说点带孩子气的话，我想家乡也不会太在意我讲这些话；最后讲讲里下河文学的根，泰州文化的精神，里下河文学的精神。

第一个问题是里下河文学的由来，最早提出"里下河文学"这个概念是在 1987 年。当时小泰州市也就是现在的海陵区，有一本刊物叫《花丛》，如今还健在，不久前我还在《花丛》上发表了一篇散文《泰州的河》。当时宣传部的陈社，还有双林（沙黑）等人，他们要把《花丛》改名为《里下河文学》。这就是里下河文学第一次生发出来的概念。刊物要改刊名，这是一件大事，他们决定请汪曾祺先生题写刊名。为什么要找汪曾祺？这说明一开始他们就有了看齐意识，或者说文学共识，那就是：汪曾祺是他们心目中里下河文学的典范、里下河文学的旗帜、里下河文学的经典。汪先生欣然应允，很认真地题写了"里下河文学"五个字，刊名写好寄给我时说："我写了横的一条，竖的一条。你没有说清楚，刊物是要做横写体还是竖写体。"我把汪曾祺先生题写的"里下河文学"刊名交给当时的一个负责刊物的人，但是后来不知道，到现在我也不知道具体是什么原因，《花丛》改刊名的事就没下文了。所以里下河文学最早是发了点芽，但芽没出土，一直在里下河的土中酝酿。

后来汪曾祺先生又为里下河的一位作家刘仁前先生题写过书名。刘仁前先生当时准备出一本书写故乡的散文集，叫《楚水风物》。这本书也是刘仁前长篇小说《香河》最早的雏形，后来他所有的创作，所有的故事，基本上都是从这本书里生发出去的。当时汪先生同样很认真，也写了一条横的，一条竖的。后来从他到文联当主席开始，就把里下河文学这面旗帜往外举。所以，我们说，这是里下河文学的第二次发育。

里下河文学第三次提出来，是十年前，跟我有点关系，我有点不好意思说。当时泰州日报社的陈社、刘仁前，还有宣传部、文联，他们准备为我从事文学三十年举办一个活动。那个时候，被称为"干老"已经二十年了。在确定活动主题时，陈社说不要提多少年，就定为"王干与里下河文学研讨会"。我说我也没什么成就，就改成恳谈会吧。里下河文学浮出了水面。为什么呢？当时好多报纸如《文艺报》等报道了"里下河文学"这个概念，《文艺报》总编梁鸿鹰来了，省作协主席范小青也来了，赵本夫还有中国作协创研部主任胡平都参加了。这是最早的里下河文学的一个蓝图。当时梁鸿鹰、胡平问里下河是不是一条河，我说不是。既然不是为什么还要叫里下河呢？我说这是一片水域，这里没有一条河叫里下河，但里下河确实是存在的。所以"里下河文学"是十年前提出来的，但过了三四年，应该是2013年吧，泰州召开首届全国里下河文学研讨会，真正地、正式地举出了里下河文学的旗帜。当时中国作协副主席何建明出席了里下河研讨会。里下河文学这些年经过江苏省作协，经过《文艺报》、泰州市委市政府、泰州文联的支持推动，已经成为重要的文学话题、重要的文学现象，同时也是一个很有意义的文学景观。经过从2013年到2019年这七年的努力，它已经从一个现象成为一个景观，成为一个话题。围绕里下河文学研究，出了不少书，前两天还有一个专著也出来了。

第二个问题，为什么是汪曾祺？很多人都问过这个问题，我在北京、在其他地方，有很多人也问过。汪曾祺是扬州人，不是泰州人。你们为什么要把汪曾祺作为你们里下河文学的旗帜？问得很有道理。他们说要举旗帜，你要举施耐庵、梅兰芳，你举个非泰州籍的著名作家作为里下河文学的旗帜，为什么？肯定有道理。第一，泰州是大海的故乡。能够把扬州人高邮人作为泰州的文学旗帜，这就是泰州人的胸怀。海纳百川才能成就其大。第二，因为从最早1987年开始，就找汪曾祺。可以说这些年来，泰州人，我们一直在寻找自己的一个文学理想，寻找自己文学的终极目标，等汪曾祺出现以后，泰州的吴双林、陈社、姚舍尘，他们发现，我们找到了里下河文学的魂，有了汪曾祺，里下河文学就有了一个核。有了核以后，后来发现，我们关于里下河文学的所有的研究、所有的探索都是从核处延伸扩展出去的。没有这个核，里下河文学就不成立。比如中国当代近100年来，尤其是新中国成立70年来，中国有两大文学流派，一个就是以赵树理为代表的山药蛋派，一个就是以孙犁为代表的荷花淀派。赵树理是山药蛋派的核，因为有了赵树理这个核,后来就出现了马烽、西戎、孙谦;荷花淀派,其实是因为有孙犁这个核,后来才出现了刘绍棠、韩映山、从维熙这样的一批作家。里下河文学的这个核跟孙犁、赵树理有点不一样,为什么不一样?因为赵树理他在山西,他周围的作家很自然地被他团结在身边,很自然地受他的影响,当时他是文学界的领导,作家的成长得到他的关照和影响很正常。

孙犁这个核是怎么形成的?孙犁自己小说很好,他当时在《天津日报》当副刊部主任,所以他通过副刊部来传播、扩展他的文学观念,就是说孙犁跟刘绍棠、从维熙、韩映山,包括后来的铁凝,是一种师生的关系,它是通过平台的传播、传递,通过《天津日报》副刊慢慢影响了荷花淀派的产生。汪曾祺跟赵树理、孙犁不一样,汪曾祺是泰州人找到的核。年轻的同学不知道,50岁的人应该知道;当时有个样板戏,叫《杜鹃山》。《杜鹃山》的雷刚带领一帮人闹革命,没有党代表。后来一合计,就说抢一个党代表作为他们游击队的代表。差不多同样的情形,泰州人找了汪曾祺来作为里下河文学的核和里下河文学的旗帜,这个很有意思。赵树理、孙犁基本上是由上而下,从老师到学生有一种师承关系。但是汪曾祺先生在我们江苏在全国影响很大,有很多的粉丝,有很多学生。我们泰州人海纳百川,我们认他为祖师爷,是泰州文学界的有识之士找出来的。《杜鹃山》的雷刚抢了一个党代表来做革命的旗帜,我们泰州人找了一个汪曾祺作为里下河的文学旗帜。这就是对第二个问题的回答：为什么是汪曾祺？

　　我再讲第三个问题，为什么不是毕飞宇？这个话题比较敏感，一般人不敢说，我可以说。毕飞宇是我们里下河土生土长的作家。毕飞宇获得过茅盾文学奖、鲁迅文学奖。毕飞宇对我们整个里下河文学的贡献非常大。这里我要讲汪曾祺与毕飞宇的区别。大家看小说能够看出来，毕飞宇在文章里面讲，他说我不学汪曾祺，汪曾祺是学不来的。为什么？毕飞宇继承的是鲁迅的文学精神。我看他写鲁迅小说的解读，非常精彩。他继承的是鲁迅对国民性、人性的解剖，同时是对国民性中的劣根性进行批判的。所以他的创作属于鲁迅的那种传承，它是一个理性的文学精神。他是一个有强烈现实主义精神的作家。那么汪曾祺，大家都知道，汪曾祺的老师是谁？沈从文。沈从文先生跟鲁迅先生的差距不言而喻。这个差距不是说优劣差距，而是心理上的、精神上的，他们不一样的。鲁迅小说里有强烈的批判性。沈先生的小说里面，用我们今天的话说，它是抒情的，是和谐的。所以汪先生讲，他的小说创作是抒情的人道主义。"抒情的人道主义"这个词，用在鲁迅身上是肯定不合适的。鲁迅是灯塔，是投枪，是匕首。20世纪40年代中国文坛有京派、海派之分。京派以沈从文为代表，海派以张爱玲为代表。汪先生被研究者发现说是"最后一位京派作家"。那么从这个意义上讲，汪先生作为京派作家，毕飞宇从某种程度上讲更接近于海派作家。再回过头来讲里下河文学，里下河文学我们做了很多事，做了很多研讨，我们里下河文学作家群中，就说当地的刘仁前、顾坚、庞余亮，他们是更接近鲁迅还是更接近沈从文？很显然接近沈从文。毕飞宇很了不起，他是里下河文学的一个非常重要的作家，今后一段时间内，如果在毕飞宇影响下又产生新的作家群，又产生新的鲁迅、沈从文，也可能会取代汪曾祺成为里下河文学旗帜。现在我觉得目前汪曾祺是我们里下河文学的旗帜。

为什么不是曹文轩？我讲实话，汪曾祺、毕飞宇、曹文轩这三位中，写里下河最地道、最入木三分、最细腻、最散文化的是曹文轩的《草房子》。曹文轩的《草房子》几乎囊括了我们里下河所有的风景、所有的风物、所有的风情、所有的人物、所有的器皿，包括方言、风水。但是为什么曹文轩不能作为我们里下河文学的旗帜？曹文轩写儿童成长小说。曹文轩小说里有浓重的浪漫主义童话色彩。如果把他作为我们里下河文学旗帜好像有点对不上。我们里下河文学要找代表人物，就要找公约数。那么汪曾祺就是我们里下河文学的最大公约数。所以我就讲为什么汪曾祺是我们里下河文学的旗帜。他首先是有引导作用；第二，他成为我们大家看齐的对象；第三，他的作品能够成为我们作家的最大公约数，这个特别重要。

泰州市委韩立明书记非常关心里下河文学，有一次她问我：王老师，你能不能用最简单的话概括出里下河文学的特点？比如山药蛋派，比如说荷花淀派，一句话我们就能明白。后来我想到了三条：风俗画、散文化、大悲悯。这三条也是一个最大公约数，几乎可以投射到每个里下河作家写作的特点上。

第一，风俗画是汪先生小说最大的特色，里下河作家顾坚也好，刘仁前也好，朱辉也好，庞余亮也好，他们小说里有大量风俗画描述。汪先生有句话叫"氛围即人物"。他认为小说里面写风俗，写场景，就是写人物。我最近写了一篇文章，认为汪先生这句话没有错。他这句话是针对短篇小说说的。对短篇小说而言，场景就是人物，戏份就是人物，甚至风俗就是人物。汪先生没写过中篇，也没写过长篇，他说过，我不知道长篇小说为何物。他一直想写一部长篇小说《汉武帝》，从我认识他开始就准备写，一直到他去世，也没写出来。不知道长篇小说为何物的人怎么写出长篇小说？所以他说氛围即人物、环境即人物的观点是针对短篇小说而言的。里下河作家的作品里有大量的风俗描写，顾坚的《元红》里处处见风俗，刘仁前的《香河》离开了风俗就难以成篇。

第二，散文化。中国的小说最早有两路，一路是"特别讲故事"，话本、《三国演义》、《水浒传》、《西游记》；一路是笔记小说，不讲故事，素描，写意。1919 年五四新文学运动，一个最大的特点就是对传统的章回小说革命，传统小说讲故事要有冲突，要有戏剧性，你看《三国演义》里面魏蜀吴三国争雄,《水浒传》里面是宋江带领义军与朝廷对抗,《西游记》里面是孙悟空跟妖精对抗,所以它是要有冲突的。现在的小说,说实话,短篇小说一个最大的特点是戏剧性减弱。我年轻时看鲁迅小说看不懂,看不下去,它没有《三国演义》好看,它没有冲突。现代小说的特点是装进了比传统小说更多的内核,不是单纯的故事。我们里下河作家,包括泰州吴双林的小说,没有冲突,散文化。散文化的一个特点,就是没有戏剧性。这个风俗画和散文化,我们在以往讨论里下河文学的时候也被大家认可过。

第三,大悲悯。这是泰州人,也是泰州文化的一个特质,那就是浓重的悲悯情怀。泰州佛教文化历代隆盛,影响到人心,那就是悲悯情怀。曹文轩《草房子》我觉得是非常优秀的小说,它有一个细节,写得特别好。他写一个小孩叫秃瓢,什么叫秃瓢?那时候卫生条件差,不洗澡,后来感染了毛囊炎,又没治疗,头发脱光了,变成秃头了,叫秃瓢。这个小学生秃瓢,形象不好,所有同学都嫌弃他、嘲讽他。正好那时候演戏,戏里有一个反动军官,是个秃瓢,难演。后来剧组找到这个叫秃瓢的孩子,让他演,不化妆,一看就是个反动军官,演出非常成功。演出结束,大家都和他玩了,而秃瓢哭了。这个就是里下河文学悲悯的情怀。汪先生写过一个叫《陈小手》的小说,是《故里三陈》中的一篇,也流淌着悲悯的情怀。我在这里就不多讲了,下次单独讲。里下河文学的风俗画、散文化、大悲悯三个特点，风俗画是题材方面，散文化是结构方面，大悲悯是哲学方面。文学的最高境界、文学的最高层次都应该是悲悯。包括鲁迅先生，他批判意识很强，但你看他对笔下的祥林嫂、闰土饱含悲悯。所以里下河文学题材上、结构上、哲学上的特点都很明晰。

里下河文学有两个支流。我们现在一般来说很容易把里下河文学变成一种乡土文学。因为汪先生的作品，大家记得住的是《大淖记事》《受戒》，都是写乡村生活。但其实汪先生除了这两篇小说外，其他写的都是市井生活。里下河文学有一个非常重要的内容，那就是市井。中国乡土小说特别有意思。中国是一个农业大国，中国是一个农民人口最多的国家，但是中国小说写农民的很少很少。《三国演义》里面有吗？没有。最奇怪的是，我从小接受的教育说《水浒传》是一部写农民起义的长篇小说，但是《水浒传》里面几乎没有农民。一部写农民起义的长篇小说，都是市井人物，退役官僚、花和尚鲁智深，还有小偷时迁，用今天的话说，都是一些社会闲杂人员。一部写农民起义的长篇小说，没有农民，是不是很有意思？其实《水浒传》的伟大不在于它写农民起义，在于写市井。《光明日报》有一个王国平，他有一篇文章说汪先生小说里面经常喜欢给人取绰号。取绰号也是《水浒传》里面一个最基本的解决人物形象问题的方式。中国有很多诗歌，但诗歌里面没有农民。最多的是樵夫、渔夫。田园诗、山水诗没有农民，这很有意思。所以后来我们说赵树理为什么伟大？他的伟大之处就在于写了农民。鲁迅也写农民，但他笔下的农民，比如祥林嫂、闰土、华老栓等，都是苦巴巴的，都是麻木的迟钝的愚昧的形象。赵树理写的农民会笑。我们以前看到的农民不是这样的。《小二黑结婚》里面，小二黑会笑，小二黑会谈恋爱。这就是赵树理的伟大之处。鲁迅笔下、茅盾笔下、叶圣陶笔下的农民都是苦着脸的、苦着心的。赵树理让农民笑了。中国小说里面第一次出现农民形象是在《红楼梦》里。大家立即想到了刘姥姥。这个刘姥姥的形象太厉害了。刘姥姥一出场，带着北京郊区一带农民口音。曹雪芹并没有塑造一个农民人物的打算。刘姥姥三进大观园，三进荣国府，他为什么要这么写？线索人物。通过刘姥姥的视角，写贾府的荣辱兴衰。第一次进大观园，乡下人进城，看城里的风光，看贾府的荣华，有反差啊。你让贾宝玉看就稀松平常了，刘姥姥看就不一样了。第二次，刘姥姥再进大观园……第三次，刘姥姥去大观园时候，贾府衰落了。她看到王熙凤的女儿巧儿，巧儿的舅舅打算把她卖到窑子里去，卖到妓院去，刘姥姥就说，跟我回家。这么一个农民形象，大家都记住了。曹雪芹本来是写一个线索人物，立一个观察视角，但是成了典型人物。所以后来出现的《陈奂生上城》也好，底层文学、打工文学也好，都是按照刘姥姥这个路径来写的。所以乡土小说，其实最早是从刘姥姥开始的。里下河文学作家里面，刘仁前的《香河》、顾坚的《元红》都是乡土的。但是作为里下河文学旗帜的汪曾祺，他的作品除了两篇写乡土的小说外，其他都是写市井的。汪曾祺笔下的市井人物能够作为艺术家，卖个水果，也懂八大山人。汪先生写的都是奇人奇技奇志，叫市井。吴双林也就是沙黑的《街民》，写的也是市井，所以里下河文学是两个板块。我们千万不要把里下河文学简单地看成是乡土小说、乡土文学。这是一个误解。刘仁前也写城市，他笔下的城市也是市井。

下面一个问题，里下河文学是不是流派？这也是一个敏感话题。里下河文学是不是流派？我说：正在形成中。如果说没有流派，那没有面对现实。我们从流派概念来看山药蛋派，当时是怎么形成的？山药蛋派的形成，当时是赵树理跟马烽、西戎、孙谦一帮人在文学创作理念上达成的共识。荷花淀派是怎么形成的？它是以《天津日报》副刊为平台、空间而形成的。那么今天我们的里下河流派为什么说还没形成，或者说正在形成之中？它跟赵树理、孙犁时代不一样。里下河文学流派它所有的形成元素没有进入同一个时空。为什么呢？我也在思考这个问题。以往文学流派的形成，都有一个共同点，那就是作家都聚集在同一个时空。你看成仿吾、郭沫若成立一个创造社，作家们在一起办《创造》，而文学研究会由茅盾、叶圣陶牵头，办一个《小说月报》的刊物，差不多都在同一个时空里面。那么里下河文学的作家流派为什么不能形成统一的看法？因为从一开始，汪曾祺也好，曹文轩也好，毕飞宇也好，这三个人根本不在同一个时空。后来的刘仁前也好，顾坚也好，庞余亮也好，黄跃华也好，沙黑也好，他们也没有在同一个时空。沙黑写小说的时候，刘仁前刚起步，刚在《中国青年》发表小说。沙黑发的是《雨花》，刘仁前发的是《中国青年》。他们的创作理念，他们的文学审美，没有在同一个时空得到自觉的彰显。这个心理时空是什么呢？就是看齐意识。向谁看齐？汪曾祺。所以后来，大家虽然没有在同一个城市、同一个文学平台上，但是心里始终在不断向汪曾祺靠拢，向汪曾祺看齐，慢慢形成了里下河文学的风俗画、散文化、大悲悯三大特征。在不断看齐不断对照的过程中，加上这些年我们泰州市委、市政府也正在通过行政措施、通过学术措施打造推进，尤其江苏省有关部门最近非常重视，所以关于里下河文学是不是流派，我的观点是正在形成中。

最后一个问题，里下河文学的艺术精神，其实也是我们泰州文化艺术遗产。泰州文化的精神是什么？"删繁就简三秋树，领异标新二月花。"你看汪先生为什么写不了长篇小说？删繁就简。那么汪先生的作品为什么大家喜欢看？标新立异。我们再追溯到泰州的文化底蕴。刚才我说的这两句诗是郑板桥的诗。郑板桥的画也好，书法也好，诗歌也好，就是删繁就简。刘熙载《艺概》一书评论诗歌的方法，更是删繁就简，他说李白的诗用一个字表达就完了：飞。上午有人和我谈起鲁羊小说，让我评价鲁羊的小说，那么我就学刘熙载的方法，用一个字概括：听。倾听。因为鲁羊小说里有大量的声音。这就是删繁就简。再说梅兰芳。梅兰芳是京剧大师。梅兰芳为什么伟大？世界戏剧有三大体系，最著名的就是斯坦尼斯拉夫斯基体系，著名的"体验派"理论，由此而来；后来德国的布莱希特体系，"打破第四堵墙"，梅兰芳的写意体系，比较前二者，场景和道具是虚拟的，比如你要做一个船，都是要实体化的，而梅兰芳就是比画一下，他创造了一个写意戏剧，就是我讲的删繁就简。水袖一舞，水出来；水秀一舞，船来了；水秀一舞，彩云降临；水袖一舞，兵马到，这个就是删繁就简，这个就是泰州文化精神。同时它又标新立异，你看郑板桥写书法，乱石铺街，梅兰芳的表演在继承前人的同时，也有创新，所以里下河文学的精神就是删繁就简，是二月花，是三秋树。"删繁就简"，是守正，"领异标新"，是创新，所以泰州的艺术精神，是"2+3"，也是里下河文学的精神。关于汪曾祺与里下河文学的关系，今天就先讲到这里。

2019 年 9 月于泰州
（严尔碧根据录音整理，有删改）

第十讲

吃相与食相——汪曾祺小说中的「吃」与散文中的「吃」

有人对我说，汪曾祺的小说和散文是两样东西。

我一愣，仔细一想，还真有道理。

汪曾祺的小说做得非常用心，用他自己的话说是"惨淡经营的随便"，而散文带着更多的随机和随心，他自己在《蒲桥集》的序言里，就说自己写散文是"搂草打兔子——捎带脚"。这个"捎带脚"，有点漫不经心，也有点意外之喜，搂草属于"正常工作"，打到兔子，属于份外的成就，当然有点惊喜。虽然汪老先生不在乎"兔子"，但兔子来了，他当然也不会放过。

之所以"人人都爱汪曾祺"，在于不同的人能在汪曾祺的作品中满足不同的需求。汪曾祺受到中老年读者的欢迎，缘于其文化底蕴和艺术内涵，而年轻一代尤其是2000年以后出生的喜爱汪曾祺,看上的是那些散文,尤其是那些写美食的散文,很多年轻人对《端午的鸭蛋》《故乡的食物》等"耽美"(耽于美食)的文字耳熟能详。汪曾祺自己不太在意的散文,产生如此大的影响,尤其获得以网文为阅读主体的年轻一代的青睐,这肯定是汪曾祺没有想到的,他的"捎带脚"带出"跨世纪"的效果,以至于很多年轻人以为汪曾祺就是一个会写美文的美食家。

汪曾祺对自己的散文的地位不在乎,因为是"捎带脚",他更在乎自己的短篇小说。1994年《大家》文学杂志横空出世,我请王蒙担任长篇小说的主持,刘恒担任中篇小说的主持,苏童担任短篇小说的主持,谢冕担任诗歌的主持,汪曾祺担任散文的主持。对散文栏目的主持,他有些不满意,他内心觉得应该担任短篇小说的主持,我当时也考虑让汪曾祺担任短篇小说的主持,可散文谁来主持呢?有比汪曾祺更合适的作家吗?我把这一想法告诉老头,老头释然了,兴高采烈地去参加《大家》在北京创刊的新闻发布会。

汪曾祺的美食散文已是文坛一绝,其实汪曾祺小说里也多次写到吃,很少有人注意到。他的《金冬心》《七里茶坊》《黄油烙饼》《热藕》《八千岁》《鸡毛》《职业》等十余篇小说都是从"吃"着笔,写出了特定的生活景观和人生况味。但为什么人们很少注意到汪曾祺的美食小说或者很少注意到汪曾祺小说中的吃呢?我认为这是汪曾祺的高明之处,他准确把握了"搂草"与"打兔子"的分工,在小说和散文之间有自己的定位。

散文的食相: 生活的美感和爱

民以食为天,天以食为民。文学要写天,也要写民,连接民与天最好的纽带可能就是食了。从《诗经》开始,食的问题就是人们关心的生存大事。《小雅·鹿鸣》:"呦呦鹿鸣,食野之蒿。我有嘉宾,德音孔昭。视民不恌,君子是则是效。我有旨酒,嘉宾式燕以敖。"这里面不仅写到了食物野蒿(大约类似今天的蒿子秆),还写到了酒,可见美食美酒自古以来就是人之所爱。当然,更多的时候老百姓是为食所困,《硕鼠》里"硕鼠硕鼠,无食我黍",对于食物的关注,都产生怨恨情绪了,不论这个大老鼠是实指还是虚指,民歌传达的百姓对粮食的关爱,确实是"以食为天"。至于小说中的美食,当属曹雪芹的《红楼梦》最为经典,他对食物的精美描绘,勾起了无数人的兴趣,以至于今天餐饮业的"红楼宴"还有好几个版本。

和曹雪芹一样,汪曾祺作品里的菜肴已经被人们制作成为"汪氏家宴",高邮的汪味馆和汪小馆的生意也非常好,汪曾祺的美食散文也被出版社包装成各种选本出版。汪曾祺的这些美食散文的感染力和号召力是如何构成的,仔细阅读可以发现是有奥秘可言的。

汪曾祺美食散文的文化底蕴极为深厚,渊博的知识、经历的广远以及自身的文化涵养，让汪曾祺的美食散文具有一种纵深感，哪怕是一块小小的豆腐，都能写出古今南北的来龙去脉和风味特色。《四方食事》中《切脍》一文，在短短的篇幅中介绍了古今中外切脍的做法，从春秋孔子《论语·乡党》"食不厌精，脍不厌细"到北魏贾思勰《齐民要术》"切鲙不得洗，洗则鲙湿"，到唐代杜甫诗《阌乡姜七少府设脍戏赠长歌》"无声细下飞碎雪"，到宋朝《东京梦华录·三月一日开金鱼池琼林苑》"临水斫脍，以荐芳樽，乃一时佳味也"，如何"切脍"，为什么"脍"，他根据自己的生活体验，得出"切脍"的妙处在于"存其本味"，并提出恢复"切脍之风"的善良愿望。短短小文，融汇了千余年的食文化，呈现了特定文化学、民俗学价值。

汪曾祺在《葵·薤》里说，自己小时候读汉乐府《十五从军征》"春谷持作饭，采葵持作羹。羹饭一时熟，不知贻阿谁"时，尽管他"未从过军，接触这首诗的时候，也还没有经过长久的乱离，但是不止一次为这首诗流了泪"。但他并不止于见花流泪，感别伤心，而是追根究底，想要弄明白葵到底是什么物种，从自己琢磨到读吴其濬的《植物名实图考长编》和《植物名实图考》，恰巧在武昌见到了古书中的葵——冬苋菜，终于放下了一件心事，总算把《十五从军征》真正读懂了。

这种知识性极强的具有历史纵深感的写法后来被称为"文化散文"的路数，自然不是汪曾祺的首创，五四时期的小品文基本上都是这一写法。现在一些作家拼命在散文中灌输知识和历史的"文化散文",为什么没有获得应有的文化底蕴反而沦为知识和材料的堆砌,一个重要的原因,就是没有融入作家的情感。

作家的情感与作家的文学价值观密切相关,汪曾祺号称自己的文学观是"人间送小温",他写美食的目的是:

> 我把自己所有的爱的情怀灌注在喜好美食的文章中。

汪曾祺用词一般是留有余地的,但这里史无前例地宣称"所有的爱"都用到美食的文章中,可见他对美食是钟爱的,而且是毫无保留的。他把美食与生存结合起来:"活着多好呀。我写这些文章的目的也就是使人觉得:活着多好呀!"因此他写的美食之中,看似平淡的文字中渗透了他对生活和世界的爱。香港美食家蔡澜说过,美食=乡愁+滋味。也就是说,美食源于一种感情寄托,是一种主客观的结合体。主观在于作家的某种记忆,童年记忆是乡愁的源头,而食物的滋味只有在乡愁(这里应该扩展为某种记忆)的照耀下才会发出迷人的光芒。在《咸菜茨菇汤》的结尾,作者突兀地来了一句:

> 我想念家乡的雪。

这一句猛一看,极为突兀,但确实是神来之笔。"家乡的雪"与咸菜茨菇汤之间的关联在于,"一到下雪天,我们家就喝咸菜汤,不知是什么道理",浓郁的乡愁油然而生。同样写故乡的野菜,显然不同于周作人的冷峻和淡漠,周的《故乡的野菜》开头就说,"我的故乡不止一个,凡我住过的地方都是故乡,故乡对我并没有特别的情分",散淡是散淡了,与汪曾祺的"我想念家乡的雪"的浓烈形成了鲜明的对照。

同样善于写美食的还有梁实秋,汪曾祺的美食散文很多和梁实秋的文字有异曲同工之美,也有前后呼应之妙,他们的区别在于,一个在场,一个是旁观者。汪曾祺的美食散文与梁实秋等人的文章相比,他的作品带有强烈的参与感,而梁实秋等就难免有食客的嫌疑,又如陆文夫笔下的朱自冶,只是一个资深的又善言说的"吃货"。

汪曾祺不仅能够品尝美食,而且自己会下厨烹制美食,他说过,"喜欢做饭的人一般都是不自私的",汪曾祺的文章里,经常写到自己尝试做新菜的过程,比如油条塞斩肉(肉圆)这道菜就是汪曾祺自己的发明。"年年岁岁一床书,弄笔晴窗且自娱。更有一般堪笑处,六平方米做郇厨。""做郇厨"的乐趣,可能在一般人看来是可笑的,但汪曾祺自己觉得和弄笔一样是"自娱"。汪曾祺喜欢画画,他觉得文人做菜就像文人画一样,随性,却又有雅致的讲究。这种强烈的参与意识,会带给读者强烈的代入感。这种代入感,正是网络时代阅读者喜欢的代入感。

小说中的吃相: 世道与人心

在那些美食散文中,汪曾祺基本描写的是食物的美味、原料和制作过程,知识性的风俗和对美味的把玩,间或穿插自己的人生经历和人生感悟,比如《故乡的食物》《昆明的吃食》《端午的鸭蛋》《手把肉》等,以鉴赏家的口吻来展示这些美食的肌理。而在小说中,食不是主角儿,食物本身成为一个背景或者作为一个微创的切口,由此开采出去,展现世态人心。

这种以食为视窗来展现世道人心的小说手法几乎贯穿了他一生的小说创作。早在20世纪40年代创作的小说《落魄》,就是以食之兴衰来展现人物命运起伏的,小说以绿杨饭店的兴衰来展示扬州老板从发达到落魄的过程,"这位扬州人老板,一看就和别的掌柜的不一样。他穿了一身铁机纺绸裰裤在那儿炒菜。盘花纽扣,纽袢拖出一截银表链。雪白的细麻纱袜,浅口千层底礼服呢布鞋。细细软软的头发向后梳得一丝不乱。左手无名指上还套了个韭菜叶式的金戒指。周身上下,斯斯文文",而且在饭店里还放着两盆花,以至于踢足球的学生来也安安静静的。但后来随着饭店的易主,那个扬州人的命运改变了,老板变成了打工的了,衣着不讲究,人也变得邋遢猥琐,连吃相也变得丑陋,让作者产生了厌恶的情绪。

20世纪80年代初期,旅居海外的张爱玲读到《八千岁》,

看到里面写到草炉烧饼,勾起了乡情,也感觉到国内的文学在变化中。她写道:"我这才恍然大悟,四五十年前的一个闷葫芦终于打破了",原来张爱玲在上海时,听到叫卖声"马(买)……草炉饼",不知何物,读到《八千岁》之后,明白是一种苏北小吃。张爱玲的敏锐是一个小说家的敏锐,而汪曾祺把食与人联系起来也是他作为小说家一种近乎本能的做法。汪曾祺评论阿城的《棋王》,写有《人之所以为人》,其中写道:"文学作品描写吃的很少(弗吉尼亚·沃尔夫曾提出过为什么小说里写宴会,很少描写那些食物的)。大概古今中外的作家都有点清高,认为吃是很俗的事。其实吃是人生第一需要。阿城是一个认识吃的意义并且把吃当作小说的重要情节的作家(陆文夫的《美食家》写的是一个馋人的故事,不是关于吃的)。他对吃的态度是虔诚的。《棋王》有两处写吃,都很精彩。一处是王一生在火车上吃饭,一处是吃蛇。一处写对吃的需求,一处写吃的快乐——一种神圣的快乐。写得那样精细深刻,不厌其烦,以至读了之后,会引起读者肠胃的生理感觉。正面写吃,我以为是阿城对生活的极其现实的态度。对于吃的这样的刻画,非经身受,不能道出。"

写吃其实是写人,汪曾祺多篇小说涉及食物和吃。前面讲到的《落魄》写开饭店的故事,汪曾祺对菜品的描写也很精彩,但扬州老板的前后反差更让人印象深刻。《安乐居》写北京的小饭馆,世态人心炎凉冷暖自知。《鉴赏家》写的是水果贩子叶三和画家季匋民成为知音的故事,但中间关于水果的时令品尝也是一种美学鉴赏。《鸡毛》写的是西南联大一位金姓学生偷吃文嫂养的鸡的故事,文嫂的悲惨命运在小说中没有强化,只是让她最后在一堆鸡毛面前号啕大哭。吃是本能,但这位学生偷鸡杀鸡炖鸡吃鸡的"技巧"让读者产生悬念,如此吃相也写出了人性的幽暗。《桥边小说三篇》有一篇直接以"茶干"作为篇名,界首茶干是高邮的名产,是和高邮鸭蛋一样有名的食品,但有趣的是散文《端午的鸭蛋》让高邮鸭蛋的美名更加广为流传,而读者好像并没有记住茶干这道美食。《熟藕》也是以高邮为背景的,写卖藕的和吃藕的之间略显苍凉、温馨的美好情愫。《岁寒三友》最后写三位老友在除夕的大雪之夜,相聚在五柳园喝酒,是真正的"取暖"御寒,也是抵御世间人情的冷和凉。食物见世道,吃相见人心。

　　《黄油烙饼》是汪曾祺自己认为带有"伤痕"意味的小说,以至于他担心当时在《新观察》上不能发表。其实《黄油烙饼》并没有正面去揭示伤痕,而是通过孩子萧胜的儿童视角来展现饥荒岁月的人性美,小说先写萧胜的奶奶给孙子做吃的,小米面饼子,玉米面饼子,萝卜白菜,炒鸡蛋,熬小鱼,后来办了食堂,奶奶把家里的两口锅交上去,一开始吃得还不错,白面馒头,大烙饼,卤虾酱炒豆腐,焖茄子,猪头肉!后来就不行了。还是小米面饼子,玉米面饼子。再后来小米面饼子里有糠,玉米面饼子里,有玉米核磨出的碴子,拉嗓子。"掺假的饼子不好吃,可是萧胜还是吃得挺香。他饿。"萧胜的奶奶为了让萧胜活下去,省给萧胜吃,自己饿死了,而临死前,那瓶黄油也没有舍得烙饼吃。小说的结尾,写萧胜的父母用奶奶节省下来的黄油为萧胜烙饼。

>萧胜一边流着一串一串的眼泪,一边吃黄油烙饼。他的眼泪流进了嘴里。黄油烙饼是甜的,眼泪是咸的。

黄油烙饼的味道是如此的又咸又甜,萧胜吃到的不只是食物了,汪曾祺在这里写出的不只是食物了,而是世道和人心,是人性在饥饿的环境里散发出来的光辉。

在汪曾祺的小说中,有一篇《金冬心》堪称美食之集锦。小说写扬州八怪代表人物金农,被财大气粗的商人请去赴宴,陪达官贵人吃饭。他们吃的东西名贵而稀罕,名贵在于食材的难得,叫作"时非其时,地非其地",就是一桌菜,没一样是当地出产,也没一样是当时所有。这在交通和物流极其不方便的农耕社会,可谓是天上神宴。小说写道:

>凉碟是金华竹叶腿、宁波瓦楞明蚶、黑龙江熏鹿脯、四川叙府糟蛋、兴化醉蛏鼻、东台醉泥螺、阳澄湖醉蟹、糟鹌鹑、糟鸭舌、高邮双黄鸭蛋、界首茶干拌荠菜、凉拌枸杞头……热菜也只是蟹白烧乌青菜、鸭肝泥酿怀山药、

鲫鱼脑烩豆腐、烩青腿子口蘑、烧鹅掌。甲鱼只用裙边。鲥花鱼不用整条的,只取两块嘴后腮边眼下蒜瓣肉。车螯只取两块瑶柱。炒芙蓉鸡片塞牙,用大兴安岭活捕来的飞龙剁泥、鸽蛋清。烧烤不用乳猪,用果子狸。头菜不用翅唇参燕,清炖杨妃乳——新从江阴运到的河豚。铁大人听说有河豚,说:"那得有炒蒌蒿呀!——'竹外桃花三两枝,春江水暖鸭先知。蒌蒿满地芦芽短,正是河豚欲上时',有蒌蒿,那才配称。"有有有!随饭的炒菜也极素净:素炒蒌蒿薹、素炒金花菜、素炒豌豆苗、素炒紫芽姜、素炒马兰头、素炒凤尾——只有三片叶子的嫩莴苣尖、素烧黄芽白……

这里有"秀"菜谱的嫌疑,但是读者最终记住的不是菜谱,而是那些拍马屁的盐商和无聊文人,他们跟在达官贵人后面、附庸风雅、夸奢斗富,足见当时的奢靡。小说的主人公是扬州八怪的重要人物金农,金农内心很矛盾,他一方面要表明文人的清高,但又抵挡不了奢侈美食的诱惑,最后卖弄才华为达官贵人的无知圆场。小说中不学无术的程雪门诌了一句"柳絮飞来片片红",犯了常识错误,明显是薛蟠水平的,大家要罚他酒,程有些下不了台,金农灵机一动,现场创作了一首诗,"廿四桥边廿四风,凭栏犹忆旧江东。夕阳返照桃花渡,柳絮飞来片片红",且编造说这是元人咏平山堂的诗歌,救了程雪门的场。"第二天,程雪门派人给金冬心送来一千两银子。"金冬心又像自责,又像谴责说了句"斯文走狗"。豪宴的菜单最终成为金冬心纠结的内心的"引子",文人当时的尴尬和酸楚在"吃相"中淡淡流出。

《黄油烙饼》写出了饥荒年代里人性的美,又批判了底层官员的腐败和无耻,奶奶饿死了,而那些官员却在大吃大喝,形成了鲜明的对比。在《七里茶坊》这篇小说里,同样写的也是贫穷和饥饿。小说里的"我"和三个人去刨粪块,是粪的冰块,他们在饥肠辘辘的夜晚,"谈起昆明的吃食。这老乔的记性真好,他可以从华山南路、正义路,一直到金碧路,数出一家一家大小饭馆,又岔到护国路和甬道街,哪一家有什么名菜,说得非常详细。他说到金钱片腿、牛干巴、锅贴乌鱼、过桥米线……""一碗鸡汤,上面一层油,看起来连热气都没有,可是超过一百度。一盘子鸡片、腰片、肉片,都是生的。往鸡汤里一推,就熟了。"汪曾祺曾经说阿城写的是神圣的欢乐,《七里茶坊》这是不是一种神圣的快乐?当然。阿城是写具体的现实中的知青王一生吃之快乐,而《七里茶坊》则写了回忆中吃的快乐,而且老乔把这种神圣的快乐"分享"给其余的三人听,如果在正常情况下也会突兀,背景是刨粪冰的几个人在饥饿的夜晚,空气里还散着粪的酸气,而他们居然在大谈诱人的昆明美食,让人想起"昔我往矣,杨柳依依,今我来思,雨雪霏霏"的经典场景,"以乐景写哀,一倍增其悲哀",清人王夫之的这句经典评价同样适用于汪曾祺的《七里茶坊》,饥饿中思念美食,粪坑中大谈美食。

吃相自然不只是一个表象,也不是一个表情,而是"心相"和灵魂相。《职业》是汪曾祺非常用心写的一篇小说,他前前后后写过三次,可见其重视程度。他的几次修改并没有引起评论家和读者的重视。这篇小说篇幅简短,故事也极为简单,所有的悬念都围绕"椒盐饼子西洋糕"两个小吃来写。小说写昆明文林街一个十一二岁的孩子卖"椒盐饼子西洋糕"的故事,十一二岁本该是读书的年龄,却因父亲去世,要去谋生,后来给糕点铺打工,晚上发面,一大早帮师傅蒸糕、打饼,白天敲着木盆去卖,"椒盐饼子西洋糕",在文林街的叫卖声中,这清脆的童声,引起了放学的孩子的模仿,"捏着鼻子吹洋号",学生自然不是什么恶意,卖糕的孩子自然也不会生气。忽然有一天,这个孩子没有做生意,在去外婆家吃饭路上,见周围没有人,他自己模仿那些学生吆喝起来:"捏着鼻子吹洋号"。

为什么汪曾祺如此重视这篇小说?他自己还在《北京晚报》上撰文推荐《职业》,他是从职业对人的异化角度说的,也是写职业对人性的异化。我在第二讲中就分析过,小说以"声—生"的内外关系来表现人在模仿中苦难与欢乐之转换。这篇小说是通过"声—生"的结构,通过声音来展现人的生存状态,每一种叫声后面都是一种不一样的人生。而聚焦到这个孩子身上，按照我们现在的文学逻辑，这个孩子是底层的，是苦难的，小说也有对比，那些背着书包上学的孩子和背着木盆的他，属于不同的命运。小学生对他的模仿，也是一种友善的游戏，"捏着鼻子吹洋号"，也有潜在的戏弄、玩耍意味，本来是童年游戏的一种。而这个孩子趁着无人，对"捏着鼻子吹洋号"的模仿，却有着很复杂的情绪在里面。童心，这个孩子虽然已经打工，但是童心未泯，游戏和玩耍的心情还是个孩子。他在模仿别人对他的模仿时，又是个孩子了。羡慕，上不到学的孩子，对上学的孩子是羡慕的，小说没有写怎么羡慕，但这样一个角色置换的举动，说明孩子对他们身份的认同，模仿本身就是一种学习，潜藏着对学生学习生活的渴望。悲凉，孩子等周围没有人才敢于模仿，说明他这种内心冲动已久，但不能公开表达，只能在没有人的时候才"捏着鼻子吹洋号"，他才能回到他应该拥有的童年。小说以市声开头，以戏仿之戏仿的童声结尾，欢乐乎？悲凉乎？

  这篇小说没有写椒盐饼子西洋糕的食相，也没有写孩子们的吃相，但灵魂相是那么的真切，汪曾祺人道主义的悲悯情怀和对世道人心的爱护自然流露。这就是汪曾祺的灵魂相。

2020年10月18日初稿
2021年2月23日定稿

第十一讲

汪曾祺小说精讲

《岁寒三友》的"寒"

一

1947年下半年上海街头的周末,你会发现马路上经常有三个年轻人在晃荡,谈笑风生,嘻嘻哈哈,有时一起到电影院看电影,有时也喝喝咖啡,更多的时候是游走,看风景,无拘无束。1994年,当时的青年作家韩东在小说《三人行》里面写过三个游走者的形象,或许就是从那时"转世"而来。

这三个人是:汪曾祺,黄永玉,黄裳。

黄裳年龄最大,28岁,黄永玉最小,23岁,汪曾祺27岁,居中。都未婚。

如果汪曾祺健在,今年2019年,应该是99岁,黄裳正好是100岁。他俩都已经去世,黄永玉依旧健康,还在《收获》发表连载史上最长的小说《无愁河上的浪荡汉子》。

1948年各奔东西,传说中的"三剑客"再也没有一起聚过,但书信联系不断,再之后,大风暴渐起,三人的关系变得微妙,书信的内容也随时代的节奏时有亲疏冷热。

当时汪曾祺记载那时的情形,1947年7月15日,他在给

老师沈从文的信中这样写道:

> 昨天黄永玉(我们初次见面)来,发了许多牢骚。我劝他还是自己寂寞一点作点事,不要太跟他们接近。
>
> 黄永玉是个小天才,看样子即比他的那些小朋友们高出很多。跟他同来的是两个"小"作家,一个叫王谌贤,一个韦芜。他们都极狂,能说会笑,旁若无人。……我想他应当常跟几个真懂的前辈多谈谈,他年纪轻(方23岁),充满任何可以想像的辉煌希望。真有眼光的应当对他投资,我想绝不蚀本。若不相信,我可以身家作保!我从来没有对同辈人有一种想跟他有长时期关系的愿望,他是第一个。您这个作表叔的,即使真写不出文章了,扶植这么一个外甥也就算很大的功业了。给他多介绍几个值得认识的人认识认识吧。

据李辉在《传奇黄永玉》一书中记载:汪曾祺与黄永玉的最后一次见面,是在1996年冬天。这是黄永玉自1989年春天旅居香港七年后的首次返京,几位热心人为欢迎他的归来,在东三环长虹桥附近的德式餐厅"豪夫门啤酒",先后举办了两次聚会。其中有一次,由黄永玉开列名单,请来许多新老朋友,其中包括汪曾祺。那一次,汪曾祺的脸色看上去显得更黑,想是酒多伤肝的缘故。每次聚会,他最喜饮白酒,酒过三巡，神聊兴致便愈加浓厚。那天他喝得不多，兴致似也不太高。偶尔站起来与人寒暄几句，大多时间则是安静地坐在那里。那一天的主角自然是黄永玉，他忙着与所有人握手、拥抱。走到汪曾祺面前，两人也只是寒暄几句，那种场合，他们来不及叙旧，更无从深谈。

不到一年，1997年5月，汪曾祺因病去世。三个月后，同年8月，黄永玉在北京通州的万荷堂修建完工，他从香港重又回到北京定居。"要是汪曾祺还活着该多好！可以把他接到万荷堂多住几天，他一定很开心！"黄永玉这样感叹。"他在我心中的分量太重。"

2017年，高邮重建汪曾祺文学馆，原来的馆名是集的启功的字，我建议请黄永玉先生书写馆名，是一种友谊的纪念，也是一段文化佳话。汪曾祺的公子汪朗请沈从文的后人向黄永玉转述题写馆名的想法，黄永玉随即书写，如今，其字已经镌刻于高邮文游台下的汪曾祺文学馆。

二

中国古人写文作画，讲究。讲究之一要有诗眼、文眼，所谓"画龙点睛"，其实是在文章的结穴点上做够文章。王安石的"春风又绿江南岸"的"绿"，宋祁的"红杏枝头春意闹"的"闹"，都是诗眼的范例。王国维《人间词话》说："红杏枝头春意闹,着一'闹'字而境界全出。"

汪曾祺的文章自然是有文眼的,《岁寒三友》的文眼在哪里?在"寒"字上。

《岁寒三友》这篇小说写了高邮城的三个小人物,王瘦吾、陶虎臣、靳彝甫。

> 王瘦吾原先开绒线店,陶虎臣开炮仗店,靳彝甫是个画画的。他们是从小一块长大的。这是三个说上不上,说下不下的人。既不是缙绅先生,也不是引车卖浆者流。他们的日子时好时坏。好的时候桌上有两个菜,一荤一素,还能烫二两酒;坏的时候,喝粥,甚至断炊。

两个小商人,一个小文人,他们的日子不是很稳定,时常为钱所困扰,但在金钱面前他们表现出来的人格力量和美好人性,是全篇的亮点。

小说的"寒",主要是因为贫穷带来的困境,小说写人物为钱所困陷入困境。王瘦吾的"穷",一个细节尽出,儿子上学,穿的是钉鞋,而其他同学穿的是胶鞋。开运动会,女儿没有运动鞋,母亲就用白布仿做一双,王瘦吾看了心酸,读者看了更心酸。"因此,王瘦吾老想发财。"

王瘦吾的"寒"是因为家境之寒,而陶虎臣的"寒"则是时局之寒,他开的炮仗店开始还行,后来因为时局动荡,民众生活凋敝，哪有闲钱买烟花炮仗去？他的工厂也濒于倒闭，起先是喝粥，后来连粥也喝不起。

画师靳彝甫的日子也过得结结巴巴，是"半饥半饱"。他原先的主要收入是为人画肖像，但城里有了照相馆之后，他的生计就日渐艰难。小说里这样写他："吃不饱的时候，只要把这三块图章拿出来看看，他就觉得对这个世界没有什么好抱怨的了。"虽然自己"半饥半饱"，但他是小说中的"暖色调"。手中有三块田黄石章，在朋友吃不上饭的时候，在陶虎臣上吊自杀的时候，他毅然卖掉三块珍爱的宝贝，为朋友全家的生计换来了钱。小说全篇写三个人命运的起伏，写三个人生存的困厄，但始终洋溢着一种暖意，这暖意是友情，也是中国文化济贫救难的慈悲情怀，也是视朋友的安危和冷暖为己事的一种君子风范。中国小说有重友情的传统，《三国演义》写桃园三结义，《水浒传》写梁山兄弟的生死与共，但都侧重在侠义上，写的是英雄的侠义。而汪曾祺笔下的这三位一心为钱、为生存奔波的市井人物所体现出来的相濡以沫的暖意，在今天，对重利轻义的市侩之风也是冷冷的批判。汪曾祺的小说始终充满了对人性温暖的表现，始终为善良的心灵礼赞。当然，也表现了汪曾祺对生活的乐观主义态度，喝酒对于岁寒，是御寒取暖，也是达观和乐观的体现。

小说的结尾写道：

这天是腊月三十。这样的时候,是不会有人上酒馆喝酒的。如意楼空荡荡的,就只有这三个人。

外面,正下着大雪。

篇末点题,很巧妙,大年三十,是岁末,大雪纷飞,是背景,是"寒"的大自然形态,即使简短,也体现了汪曾祺的文风所在。结尾是一个容易滥情的地方,一般作家会大段地写风雪的肆虐和天气的寒冷,然后说,屋里,温暖如春。但汪氏就用了一句最日常的口语:正下着大雪。没有一个形容词,没有修饰语,可谓"不着一字,境界全出"。

小说着意渲染的是寒,王瘦吾、陶虎臣、靳彝甫三人身上也带有阴柔之气,小说还专门写了阴城的环境,这个古战场荒芜,苍凉,"到处是坟头、野树、荒草、芦荻",而阴城仿佛就是小说整个环境的一个缩影,如此阴森的氛围中,生活着一个侉子,这侉子主要靠打野狗、吃狗肉维持生存,当然还喝酒。这个侉子在阴冷的阴城就是一团生命的火,在陶虎臣走投无路准备上吊自杀时,是侉子救了他的命。也才有了后来大年三十、王瘦吾、陶虎臣、靳彝甫三人雪夜饮酒的温暖如春的场景。

在《岁寒三友》中还有一个人物也是带着暖意的,就是画家季匋民。季匋民是汪曾祺钟爱的人物,他后来又写了《鉴赏家》专门写他的故事,这在汪曾祺小说中很少有。季匋民是全县引以为傲的大画家,他去造访靳彝甫本来是想去购买三块田黄石的,结果靳彝甫对心爱之物不肯出手,季匋民不但没有生气,反而主动推荐靳彝甫去大上海办画展。这对于小县城的小画家确实是非同一般的殊荣,也是困厄中、苦苦求索中得到的最大的慰藉。靳彝甫在陶虎臣、王瘦吾贫困如洗走投无路时有此惊天义举,源于人间的、人性的温暖。小说写寒,其立意在表现人间的温暖、人性的善美的传承。

三

汪曾祺的小说是讲究结构的。

汪曾祺的小说在当代作家中是别无二格的,很多人模仿汪曾祺的风格写作,但汪曾祺的精髓是不可企及的。汪曾祺的文学精髓不只是能够看得见的外在形态,更是贯穿了他全部创作的一种人生境界。

江苏另一位著名作家陆文夫曾经为自己的小说创作定下两个原则:不踩着自己的脚印走,不踩着别人的脚印走。陆文夫如此严格要求自己,令人肃然起敬。但陆的小说创作,虽然殚心尽力,遗憾的是并没有真的做到他自己说的那样,至少在结构上,他还是喜欢用自己的时空结构来书写历史、塑造人物,他喜欢找一个空间(比如井、围墙、美食)来作为透视支点,来作为人物的舞台,来叙述历史沧桑、人物命运。

而汪曾祺的小说真的进入了他自己说的"随便"之境,这随便就是很少重复自己,更不会重复别人。尤其在结构上,汪曾祺的短篇小说与鲁迅一样,几乎每一篇都有每一篇的模样,尤其是20世纪80年代初期的作品,篇篇堪称精彩。

汪曾祺在谈到林斤澜的小说时,曾用"苦心经营的随便"来形容林斤澜的矮凳桥系列小说,其实也是夫子自道。清代文艺理论家刘熙载在《艺概·词曲概》中也说:"词中句与字,有似触着者,所谓极炼如不炼也。晏元献'无可奈何花落去'二句,触着之句也。宋景文'红杏枝头春意闹','闹'字,触着之字也。""极炼"就是苦心经营,"不炼"就是随便。在《岁寒三友》这篇小说里,体现在貌似随便的结构上,其实精心构思、巧妙运行,真可谓"极炼如不炼也",简直是"不炼"到极致。

在《受戒》中,可以说风俗即结构,在《大淖记事》中,可以说叙述即结构。而在《岁寒三友》这篇小说里,人物即结构。因为要写三个人物的命运,要写三个人物的性格,作家以人物作为天然的结构形态,三个人物,按照松竹梅的三种形态来书写。王瘦吾苦寒,如孤竹,热情开朗的陶虎臣开炮仗店,松柏一样敦厚,而靳彝甫的清高有气节,梅花一样的坚守。小说先合后分,"这三个人是",小说开头平易近人的一句口语,恰如空谷来风,交代了三个人合传的原因。接着分别叙述每个人的生存状态和性格特征,中间分别写了三人的好运和厄运,最后在大年三十的雪夜，三人聚集在如意楼喝酒，又合了起来。在结构形态上，起转承合，天然形成。

《岁寒三友》没有主要人物，三个人物平行发展，作家平均用力，分头叙述，最后命运交叉在一起。这种写法显然受到了司马迁《史记》叙事风格的影响，《史记》里有多人合传，像《孟子荀卿列传》《屈原贾生列传》《仲尼弟子列传》《刺客列传》等都是把类型相同的人物合在一起，文章内在的联系是草蛇灰线，暗含其中。《岁寒三友》更像《刺客列传》，《刺客列传》写了五位刺客，《岁寒三友》写了三个做小生意的街坊，当然，《刺客列传》未能把五人最后合到一起，因为那是历史。《岁寒三友》是小说，是虚构。或许在作家脑海里最早出现的就是岁寒大雪，松竹梅在喝酒的场景，才推出后来的小说框架。

汪曾祺在谈到小说的结构时，说过好的小说像一棵树，《岁寒三友》分别写了三棵树，最后让三棵树融合到一起，结构浑然天成。《岁寒三友》还巧妙地运用了暗结构，那就是隐藏在阴城的侉子，这个人物貌似闲笔，却出现在结构的节点上。当陶虎臣准备上吊自杀，正是侉子割开绳子，救了陶虎臣一命，也才有了后来的"三友之温"。这时你才发现，汪是怎样的结构高手。

175

四

《岁寒三友》还是篇意象小说。

意象是中国古典诗歌美学的概念，经美国诗人庞德发扬光大，创立了意象派诗歌，成为西方现代主义文学源头之一。中国文学韵文传统的精华是以意象作为核心展开的，《诗经》一开始就有"关关雎鸠""在水一方"等意象营造，而楚辞则在"美人芳草"的美妙意象书写中构建了一个至今蔚为大观的艺术天地，而之后的唐诗宋词将意象美学推至巅峰。有趣的是，中国的小说创作则一直疏离这样的美学传统，这也可能是话本小说的通俗性和娱乐性所致。直至《红楼梦》的横空问世，才延续了中国韵文的意象美学传统。《红楼梦》中那些充满了无限想象的空间，都来自意象的辐射力。无论是人物的那些"玉""钗""雯""鹃"等富有诗意的名字，还是大荒山、无稽崖、太虚幻境、大观园等神奇空间的创造，都让小说拥有了新的美学的特征。这缘于意象美学的移植，意象化写作一个重要特征往往是在虚处生实，或者让读者去拼贴出一个现实来。《红楼梦》在大观园之外还营造了诸多的神奇的空间，比如太虚幻境就是最意象化的一个空间。虽然脂砚斋明确点出大观园与太虚幻境的关联，一实一虚，天上的太虚幻境，人间的大观园，两个意象群落叠加在一起委实丰富了人们的想象，也让小说呈现出多弹头发射的意蕴指向。

意象进入现代小说常常被混为象征，比如鲁迅的《野草》常常被认为是象征主义的，其实与意象派也是密切相关的。现代文学史上，在小说中刻意追求意象、以意象为终极目标的作家是废名，汪曾祺对废名心仪已久，他的小说对沈从文的承继固然世人皆知，而对废名的景仰和追随则是深入骨髓的，尤其是他早期的小说。20世纪80年代复出之后，他把废名的浓化淡了，把废名的繁化简了，把废名的密化疏了，他的小说意象开始呈现出疏朗、清淡、简洁的风格特征，既有别于废名，又形成了具有民族特色和中国文化底蕴的现代小说。

"岁寒三友"是最具中国文化特征的意象，松竹梅三者都在凛冽的严冬不凋谢，保持一种节气，"岁寒，然后知松柏之后凋也"，《论语》时代还只有松柏的意象，到了宋代以后梅和竹的形象与松构成了"三友"，岁寒三友不仅是气节，也成为患难之交、逆境互助的佳话。松竹梅"三友"是古代文人画经常出现的意象，对中国文人画造诣很高的汪曾祺当然谙熟这一掌故，他要用小说表现这样的主题、这样的意象，可以说是一种挑战。现在看来，汪曾祺的挑战获得了巨大的成功，小说发表快四十年了，我们还在这里探讨它、研习它，说明它已经成为意象小说的经典。

小说的三个人物呈现出松竹梅的三种意象。王瘦吾的瘦，不仅是形态上，也是经济状况，也是内心的孤苦，似竹。陶虎臣开炮仗店，被炸瞎了一只眼，他的性格和炮仗一样，热烈，豪爽，像松。靳彝甫是个小文人，画师，沉静，如梅。除了三个人物是三个意象外，其他的场景也深得意象的深邃意蕴，那个来路不明的侉子，寥寥几笔，形象立出，仿佛《红楼梦》中的妙玉似的。而阴城意象的打造，既是人物活动的平台，也是"岁寒"的写照。最后那场"大雪"，三棵树，三个朋友，相聚，温暖如春。

五

汪曾祺小说的节奏好。

都说汪曾祺的小说语言好，语言好在哪里？好在节奏。汪曾祺的文字讲究平仄，讲究对称，深得中国语言文字的精妙。但好的语言必须依附在一个好的小说节奏上。如果节奏拖沓，节奏混乱，语言的美就会像不会打扮的人身上的装饰物，多余而卖弄。汪曾祺的小说往往在开头就确定了小说的基调或韵律，《岁寒三友》的开头是"这三个人是"，点题，也确定了人物的身份，"这三个人"的称谓平常而自然，而在中间一转，"这一年，这三个人忽然转了好运"，想发财的王瘦吾发点小财了，陶虎臣的炮仗卖火了，而靳彝甫居然也在上海办画展，还卖出了几幅画，斗蟋蟀还赢了钱。节奏从开头的局促走向舒缓。然而，好景不长，"这三年啊"，节奏走向陡峭。王瘦吾的草帽厂被欺行霸市的另一家大款收购了，陶虎臣的炮仗厂倒闭了，到了卖女儿的绝地，靳彝甫也远走他乡。最后，小说结束在"这天正是腊月三十"上，岁寒三友，人间友情温暖如火。

《岁寒三友》是一篇有温度的小说，作家一开始叙述三个人物的命运，用"不上不下、时好时坏"来概括，叙述的温度可以说是常温偏低，叙述的口吻偏低沉，中间三个人突然交了好运，叙述变得热烈起来，语言的节奏也趋向明快，尤其是写放焰火的一段场景，可谓余热触手可及，至于那句"人们摸摸板凳，才知道：呀，露水下来了"，露水是带着寒意和冷意的，但在此，你能感受到的是温暖和热乎。从"这三年啊"开始，小说的节奏变得冷意横生，叙述的语气变得滞重而沉痛，写到陶虎臣被迫嫁女、上吊自杀时，寒意逼人，节奏停滞。之后，三人在小酒馆相聚，"醉一次"，节奏又舒缓荡开，人性的热度，友情的温暖，在叙述的语调中自然呈现。

六

1992年初夏，汪曾祺夫妇应江苏电视台之邀，拍摄由陆建华精心策划的电视专题片《梦故乡》，我参加了其中的一些活动。印象最深的是在南京太平南路的江苏饭店，汪曾祺和高晓声、叶至诚见面，三人的亲切劲儿，让我先想起了"岁寒三友"的场景。叶至诚先生生性随和，是老好人，而高晓声素来以清高、孤傲出名。他专程到饭店去看人，我印象中非常少。后来听汪先生讲，三人这么好是有典故的。高晓声复出之后，在南京没有地方住，叶至诚当时接替顾尔镡任《雨花》主编，就让高晓声在编辑部落个脚，当然要找个理由，就让高晓声也看看稿。汪曾祺把《异秉》投给家乡的刊物，当时《雨花》的编辑说，这篇小说怪怪的，缺少剪裁。高晓声看了以后，说：你们不懂，这才是好小说。高晓声在他有限的编辑生涯中，破例为这篇小说写了编后记，而且小说作为头条发表，在当时的文学界引起了小小的震动。汪曾祺的自由来稿被高晓声、叶至诚看中推崇，可谓是知音难得，至此结下了深厚的友谊。2002年春天，《北京文学》评奖，我和林斤澜先生都是评委，那天他和我喝了很多的酒，说了很多的话，最多的一句就是：他们都走了，就剩下我了。林斤澜和汪曾祺、高晓声、叶至诚也是非常谈得来的朋友，汪曾祺、高晓声、叶至诚先后辞世，三个人的葬礼我恰巧都参加了，说到动情处，林先生都哽咽了。如今斯人亦去，诸位同道之间的友情在天国里应该更加浓厚，像汪先生的《岁寒三友》一样，绵厚悠长。

2018 年 11 月 30 日
于润民居，天未雪

有志者的困局

——重读汪曾祺的《徙》

一

《徙》写的是一场困局。

汪曾祺的小说冲淡,很少浓烈,《徙》似乎有点浓,但不烈。这种浓,表现在他反复写同一种命运和人生格局:高北溟、高雪两代人相似的命运、同样的人生格局,为展翅腾飞而身陷困局,终不能拔身而出。

有论者将汪曾祺归于乡土作家的行列,其实汪曾祺主要写的是市井人物,而且基本是县城的市井。他真正可归入乡土的小说大约有两篇,一篇是《受戒》,一篇是《大淖记事》。但《大淖记事》的大淖,并非真正意义上的乡村大淖,而是县城边上的一个湖,用今天的话说,在城乡接合部;而且《大淖记事》一半的篇幅,比如关于锡匠的生活,也多半与市井文化有关,不是纯粹意义的乡村。将汪曾祺归于乡土作家,或许与他师从沈从文有关。

有趣的是,汪曾祺的两篇乡土小说,描写的都是爱情,因而美丽飘逸、意境悠扬。而他在描写市井人物时，常常呈现的是市井人物的困惑、困顿、困厄。早期的《异秉》是汪曾祺非常喜爱和看重的一篇作品。这篇写于1948年的小说，应该是汪曾祺的少作，时过32年之后，他又将小说重新写一遍。他为什么如此重视这样一篇作品？《异秉》写的是市井底层人物的困局，几个小人物对自己前途的无望，最后解手的细节可笑又悲凉。而《岁寒三友》里王瘦吾、陶虎臣、靳彝甫三个人物在"岁寒"的困境中所表现出来的相濡以沫的古典人文情怀，正是对困局的抗争；《陈小手》里的男性接生婆陈小手死于非命，正是市井小人物困厄之极致的结局。

《徙》描写的人物不是市井人物，用我们的话说，是三个知识分子。但这三个知识分子不是坐而论道的学者型或学究型书生，而是热爱生活的普通市民。谈甓渔、高北溟、高雪，三个人分属三个时代的三种知识分子类型，且皆带着浓郁的日常生活气息，高雪甚至有时尚人物的气息。汪曾祺笔下的市井人物常常带着文人气，《鉴赏家》里的叶三，《岁寒三友》的三友，都带着一股被推崇的文人气；而他描写文人也离不开市井的氛围，充满了烟火气。或许这正是汪曾祺小说能够不同凡响、不拘一格的原因。汪曾祺笔下的人物被读者喜爱，不是他们的命运有多传奇，而是缘于人物身上的生活情趣和文化内涵。

《徙》写了一群有志者，他们都曾满怀理想，都曾心比天高，但最终在时代和社会的限制下，难逃命运的悲剧。小说主要写高北溟父女的人生悲剧。这悲剧来源于他们的心高气盛。高北溟，名鹏，字北溟，名字显然取自于庄子的《逍遥游》。高北溟勤奋好学，受教于当地名师谈甓渔，本望来期在科举中一展身手，没想到民国废除了科举。高北溟壮志难酬，又不善交际，只能读个"简师"（速成师范），然后在小学、中学教书勉强为生。高北溟壮志难酬，就把希望寄托在小女儿高雪身上。高雪继承了高北溟的清高。高北溟父女和谈甓渔三个知识分子生活的背景是市井社会，而且他们常常为生活所困：谈甓渔满怀诗人之梦，但死后文集难以出版；高北溟心气极高，但无奈和市井之人相处，屡屡受挫；高雪更是志存高远，但家境贫寒，也同为时代所限而怀才不遇，最终患了忧郁症，郁郁寡欢，年少病亡。

姐姐高冰面对死去的妹妹，说出了主题："妹妹你想飞，你没有飞出去呀！"

飞不出去，是人生最大的困惑，也是最大的悲剧。

父女两人，一场困局，校歌依旧，悲情难去。

二

《徙》写了人物与时代的关系。

一般人看来，汪曾祺是闲云野鹤，和琴棋书画打交道，远离政治的旋涡，远离时代的风云。其实不然，汪曾祺深受儒家文化的影响，虽然没有修身齐家治国平天下的雄心壮志，但绝非远离时代不食人间烟火之人，他对时代、政治其实一点也不淡漠，只不过是用草蛇灰线的方式来表达。《徙》是少见的汪曾祺表现时代变幻、历史沧桑的作品，而它是通过人物的命运来体现的。《徙》先后写了三个人物，这三个人物的命运，是三个片段，也是不同历史时期的缩影。三个人物，有点像老舍《茶馆》里的三幕戏，暗示着时代的变迁、历史的动荡。

谈甓渔是个名士，但参加科举却累考不中，只中过举人，后来就索性淡泊功名，做诗人，教学生。因为教学得法，倒也培养了不少学生，有的学生中了进士，因而谈甓渔在当地名声显赫，以至盖起了院落，人称谈家门楼，品望很高。小说里有一个细节，很能体现谈甓渔的性格：

> 他爱吃螃蟹，可是自己不会剥，得由家里人把蟹肉剥好，又装回蟹壳里，原样摆成一个完整的螃蟹。两个螃蟹能吃三四个小时，热了凉，凉了又热。他一边吃蟹，一边喝酒，一边看书。他没有架子，没大没小，无分贵贱，三教九流，贩夫走卒，都谈得来，是个很通达的人。

作为老一代文人在旧时代获得的尊重，显示了当时当地社会重文尚艺的传统与旧文化格局下知识分子的社会地位。

而谈甓渔的学生高北溟就没有这么幸运了，虽然他勤奋用功，认真学习，而且在十六岁时就中了秀才，本希望有鲲鹏展翅之日，然而时不我待，高北溟中秀才的第二年，朝廷废了科举。这对高北溟的打击可谓巨大，因为在封建时代，科举是年轻人求取功名的唯一路径，也是知识分子唯一的救命稻草。小说没有写科举对高北溟的重创，而是写县城里增添了几个疯子，"有人投河跳井，有人跑到明伦堂去痛哭"。最悲剧的就是参考多年未中的徐呆子：

> 到大街上去背诵他的八股窗稿。穿着油腻的长衫，跐着破鞋，一边走，一边念。随着文气的起承转合，步履忽快忽慢；词句的抑扬顿挫，声音时高时低。念到曾经业师浓圈密点的得意之处，摇头晃脑，昂首向天，面带微笑，如醉如痴，仿佛大街上没有一个人，天地间只有他的字字珠玑的好文章。一直念到两颊绯红，双眼出火，口沫横飞，声嘶气竭。长歌当哭，其声冤苦。街上人给他这种举动起了一个名字，叫作"哭圣人"。

1905年，清廷废除了科举，1911年，辛亥革命爆发。汪曾祺小说里没有出现辛亥革命，也没有写清王朝的垮台，但高北溟的命运转折由此可见一斑。一心想建功立业的高北溟被迫去当小学老师，之后当上了中学老师，有过短暂的好日子，但很快又被人取代，重新陷入困局。高北溟希望自己像庄子《逍遥游》里的鲲鹏一样展翅自由飞翔的梦想破灭以后，他并不甘心，他把自己的理想间接地传递给自己的女儿高雪。

高北溟有两个女儿，一个叫高冰，一个叫高雪。冰雪之高洁，无疑是高北溟不与世俗同流合污的宣言，他通过女儿的名字来传递他的人生境界。有趣的是两个女儿间存在着钗黛式的差异：高冰懂事自律，高雪则任性而有诗人气质。高雪可谓继承了父亲的鲲鹏之志，姐姐小学毕业之后考了女师（女子师范），她却要上高中，考大学，还要到北平上大学。但是，在她读完师范，准备继续考大学的时候，"第三年，七七事变，抗日战争爆发，她所向往的大学，都迁到四川、云南。日本人占领了江南，本县外出的交通断了。她想冒险通过敌占区，往云南、四川去。全家人都激烈反对。她只好在这个小城里困着"。

这一困，困至她生命的最后。和父亲一样，高雪最终也没有能够走出小城，没有像鲲鹏一样一跃千里，而是身陷小城，心在天边。高雪虽然结婚了，且丈夫对她恩爱有加，但是高雪向往的不仅仅是夫妻恩恩爱爱的小日子，她要一飞冲天。但时代无形的牢笼折了她的羽翼，她最后只能得忧郁症而死。忧郁症这个名词，是进入现代社会才出现的，一心向往外面的世界、一心寻找新的生活状态的高雪，和这个新名词有了联系。

高北溟的困厄在于科举的废除，高雪的困惑则源于时代的乱局，日本侵华战争造成的动荡毁了高雪的腾飞之梦。在高雪忧郁而死后，高北溟曾自责："怪我！怪我！怪我！"岂能怪哪个人，"心高命薄"是姐姐高冰对高雪的评价，也是有志者常有的命运。

命是什么？时代也。

三

《徙》还写了师生情缘。

汪曾祺在审美观念上，带有鲜明的道家思想。他早期的《复仇》就是色空的思想，《徙》显然受到庄子《逍遥游》的影响，那个神仙一样不会数钱只会喝酒写诗的谈甓渔，正是道家精神的化身。同时汪曾祺又深受儒家思想的影响，儒家尊师重教的精神，在这篇小说里通过人物的命运得到了尤其充分的体现。

在另一种意义上，《徙》还是一篇写教育的小说。小说里写得最多的就是上学和教学的事情。小说开头就是一首校歌，五小的校歌，由校歌带出了作者高北溟，由高北溟带出了他的老师谈甓渔，由谈甓渔又带出了高北溟的教学故事，接着女学生高雪登场。高雪故事的核心就是梦想到北平上大学而未能如愿，婚姻也被耽搁下来，长期待字闺中，之后高北溟的学生汪厚基上门向高雪求婚，伴随高雪走完生命的最后历程。小说里写得最感人的是师生情缘，高北溟幼时受到老师谈甓渔的厚爱，中了秀才，谈甓渔考虑到高家经济拮据，免收高北溟的学费，给了高北溟巨大的支持。高北溟在老师谈甓渔去世之后，先是花一百大洋购下谈甓渔的诗稿，然后省吃俭用，准备将诗稿刻印出来，甚至女儿外出求学没有钱，他也不肯动用这一笔存款。

汪厚基则用另一种方式表达对老师的感恩。和高北溟一样，汪厚基也是老师喜欢的学生。他天资聪明，成绩优秀，但实用主义的家庭让他学了中医。汪厚基的理想不像高雪那样是往外飞，他的理想是爱高雪。这是对师恩的另一种回报，也是爱戴老师的另一种方式。从小说里看得出来，汪厚基的爱是无私的爱，是不求回报的博爱，是近乎柏拉图的爱。他迟迟不婚，终于等来高雪，但高雪心不在小家庭，不在卿卿我我的儿女情长的生活。汪厚基也无怨无悔，一直伺候高雪到临终。高雪去世以后，汪厚基如失了魂一样，整日坐在高雪的墓前。高雪临死前，对汪厚基说："厚基，你真好！"这让人想起《红楼梦》里林黛玉临死前说的话，"宝玉，你好……"不过林黛玉是爱怨交加，高雪是爱意中包含愧意。她被汪厚基的爱情所融化、感动，同时为自己的心气高远连累汪厚基而有所愧疚。汪厚基为爱所痴，高雪则为理想所痴，不同的痴迷，同样的困局。

汪曾祺小说一直以客观冷静著称。他始终与小说中的人物保持着足够的距离，在描写人物悲剧命运的时候，也保持着冷静，有时甚至是冷幽默。在《陈小手》最后，团长挥枪打死了为自己太太接生的陈小手，令人发指，但汪曾祺却不动声色，结尾写道："团长觉得怪委屈。"不过在《徙》中，汪曾祺的文笔时有溢情之处，甚至在叙述语言上也带着某种倾向。一般说来，汪曾祺在小说中对人物总是直呼其名，这也是小说的一般常识，但在叙述到高北溟到五小教学这一段时，他却破例称高北溟为"高先生"，而且之后直接称高北溟的太太为高师母。也就是说，作家完全站在人物的视角上进行叙述了，这对老到的小说家来说，是不可思议的。

为什么？

因为汪曾祺在县立"五小"念过书，"五小"是汪曾祺的母校。那首由"玻璃一样"脆亮的童音唱出来的校歌，是汪曾祺唱过无数遍的童年记忆。因而汪曾祺写这篇小说时，是带着追忆缅怀的情绪的。汪曾祺小说中的人物常有生活原型，尤其是那些以高邮为背景的市井小说，人物的姓名也常常与生活中真实的人一样。当然，小说仍是虚构的产物，不是纯粹的纪实。根据现在掌握的资料，高北溟、高冰、高雪实有其人，连沈石君其人也确有。从小学到中学，教汪曾祺语文的有好几位老师，高北溟先生是其中对汪曾祺影响较大的一位。汪曾祺自小学五年级至初中二年级的国文，都是高先生教的。在高北溟任教的那几年，汪曾祺的作文几乎每次都是"甲上"。《徙》是在纪实基础上的叙述,是汪曾祺回望故乡、回望历史的感慨之作,也是汪曾祺的谢师之作。

小说中有一段写到高北溟在课本之外,还自选教材。这一段话,完全是非小说的叙述。在罗列了一大段古今中外名著之后,汪曾祺的叙述居然是这样的:"这种做法,在当时的初中国文教员中极为少见。他选的文章看来有一个标准:有感慨,有性情,平易自然。这些文章有一个贯串性的思想倾向,这种倾向大体上可以归结为:人道主义。"如果这种笔法出现在王蒙的小说里,读者一点也不奇怪,出现在汪曾祺的小说里,则颇为意外。按照汪曾祺自己的说法,该是"矫情"了。矫情是北京方言,含有自作多情、多愁善感、做作等多重含义。但不难看出,汪曾祺对这样一个虚构而又实际存在的高北溟倾注了怎样的感情。

汪曾祺在晚年标称自己的创作是"抒情的人道主义",那属于创作谈的范畴,而在小说里公然谈论人道主义的问题,在《徙》里是第一次,也是唯一一次。在这篇小说里,汪曾祺不仅找到了文学的启蒙老师,还找到自己文学观念的源泉——人道主义。

可以说,《徙》里高北溟聪明慧灵的学生汪厚基,其实带着在"五小"读书期间的汪曾祺的影子。当时汪曾祺在"五小"就是像汪厚基一样优秀的人才。和高雪、汪厚基不同的是,汪曾祺飞了出去,从北溟奔赴南溟,他一生多迁徙,从南到北,从东到西,历经江阴、昆明、上海、江西、北京、张家口多地,所以,他对迁徙、流动有着切身的感受。

小说里,高北溟感念师恩,终身回报。汪曾祺也是一个知恩图报的人,除了家乡高北溟这样一些启蒙老师外,沈从文先生也是汪曾祺的恩师,因而汪曾祺写沈从文的文章达十六篇之多,情真意切,赤子之心。汪曾祺对高北溟的最好回报,就是《徙》这篇小说。《徙》会流芳下去,高北溟也会流芳下去。

四

《徙》写出了小说的旋律美。

中国文章的传统是讲究韵律美、节奏美,但由于中国的小说来自话本,往往满足于讲故事,对文气不是很讲究。《徙》是一篇回肠荡气、旋律优美的小说。小说首先从一首校歌开始,花了很多的篇幅,完整地抄录了校歌,之后校歌反复出现在小说的各个节点上,或高昂清脆,或低沉忧郁,强化了小说的情绪,也增强了小说的节奏感。小说一唱三叹,写出了有志者的困与郁。在语言的选择上,汪曾祺也苦心营造出一种与人物和时代相适应的文体,这就是文白相间、古今兼备的民国文风,在小说的局部还出现骈体文。这在汪曾祺小说里也是少见的,一方面显出了作者的国学功力,另一方面和人物的身份、命运也息息相关。

值得注意的是，小说在有限的篇幅里，还运用了复调的结构旋律。这复调是通过两段引文来体现的，两段文字皆出于高北溟之手，一是他为五小写的校歌：

西挹神山爽气，
东来邻寺疏钟，
看吾校巍巍峻宇，
连云栉比列其中。
半城半郭尘嚣远，
无女无男教育同。
桃红李白，
芬芳馥郁，
一堂济济坐春风。
愿少年，
乘风破浪，
他日毋忘化雨功！

另一段是高北溟为自家书写的对联：

辛夸高岭桂
未徙北溟鹏

校歌由玻璃般脆亮的童声唱出，是有志者的宣言，是"无男无女教育同"的平等理想，是"乘风破浪"的少年憧憬；而对联巧妙地嵌入高北溟的姓名和字，当然也嵌入了他的命运，"辛夸"和"未徙"是高北溟和高雪的现实写照。校歌和对联的交替出现，写出了理想和现实的巨大反差，前者有志，后者困局。暗喻，又是写实。好小说都会在写实中透出暗喻。

2014 年 7 月 6 日于润民居

《鉴赏家》的"赏"

"欣赏的语气"

按照叙事学的观点来说,小说叙事人的态度决定了小说的语境和腔调,不同的作家有不同的腔调,不同的腔调背后隐藏着的是作者的人生观和美学趣味。当然,这个"作者"不等同于作家自己,叙事学有一个专有名词,叫"隐含作者"。隐含作者和真正作者的关系比较复杂,即使作者刻意去隐瞒自己的立场,也不难读出作者的潜在的"声音"。美国文学理论家韦恩·布斯提出,隐含作者有意无意地将自己的意识形态、价值观、审美趣味等注入作品之中,在叙事文本的最终形态中表现出来。

汪曾祺早年小说的叙事常是用独特的人称视角,《复仇》《小学校的钟声》等都是采用的绝对视角,也就是叙事学上的叙事人的视角,作者与叙事人的身份是有意拉开距离的,但20世纪80年代复出文坛之后,老先生有些返璞归真了,他不再采用那种非全知全能的局部视角了,反而采用一种近乎全知全能的视角来叙述故事,虽然局部的叙述时不时回到个人的视角中，但整体上的叙述人是作者自己，有时候和作家的身份保持同步。这种叙事人转换的变化，是将现代主义的外壳慢慢蜕去了，内心里那个传统文人的情怀历经风雨之后显露出来。

汪曾祺深受笔记小说的影响，而笔记小说的叙事人是全知全能的，讲述人和作者是重合的，笔记小说不存在隐含作者的叙述。笔记小说叙事的一个重要特点就是叙述者是带着距离地陈述笔下的人和事，白描成为其重要的叙事手法，郑板桥说的"删繁就简三秋树"，就是白描的特征，删去人物其他的声音，只留下作者的声音来掌控小说的局面。汪曾祺的小说是深得白描三昧的，但又不是简单的传统的白描，在白描之中又融入了现代主义的某些元素。

这些元素让汪曾祺的小说有了自己的腔调和语气，这种语气就是他自己说的"生活是很好玩的"，就是他提倡的"抒情的人道主义"。如果用"赏"来概括汪曾祺的作品，也许不免有些简单化，但如果用"赏"来形容汪曾祺对笔下人物和生活的态度，倒是非常确切。他的《大淖记事》刚出来的时候，有人对他笔下的诗意提出疑义，旧社会的生活怎么可以那么有味道，那么诗情画意？确实是，1949 年以后，在《大淖记事》之前几乎所有的作品在描写旧社会生活场景时，都是我们在电影中经常见到的镜头：黑云密布，阴风怒号，悲惨而痛苦。而大淖的人们，居然是那样的开心快乐，甚至县政府也不是黑暗腐败的，还貌似执法整治歪风邪气，这在当时颇为不同凡响。

其实，这是作家的生活态度和文学精神的具体体现。同样描写"右派"下放改造生活，张贤亮的《绿化树》《男人的一半是女人》和汪曾祺的《寂寞与温暖》就大相径庭，张贤亮的苦难叙事，对生活的爱憎是分明的，而汪曾祺的《寂寞与温暖》则很难读出苦难叙事的沉重来。

同样喜欢写故乡，鲁迅笔下的故乡是这样的：

时候既然是深冬；渐近故乡时，天气又阴晦了，冷风吹进船舱中，呜呜的响，从篷隙向外一望，苍黄的天底下，远远横着几个萧索的荒村，没有一些活气。

而《鉴赏家》的开头则是这样的：

全县第一个大画家是季匋民，第一个鉴赏家是叶三。

对照两个作家的叙述腔调，我们不难发现，鲁迅是冷的，冷峻，冷酷，而汪曾祺则是温的，温和，甚至有点温润。这种叙述态度的形成与作家对待生活的态度有关，鲁迅的冷峻与他一直秉持的对国民性的批判态度有关，因而他对笔下的人物"哀其不幸，怒其不争"，他对祥林嫂、阿Q、闰土、孔乙己等不可能采取欣赏的态度，即使是闰土，哪怕对少年时代月光下的闰土欣赏有加，但对中年的闰土也变得冷峻起来（不只是闰土的麻木)。而汪曾祺的温与他的"人间送小温"的文学思想有关,他对作品里的人物不仅包容、理解,更多的时候还是带着欣赏的口气,以至于一些当代文学史家对他在《受戒》中的"欣赏"的态度表示怀疑,王彬彬在《我喜欢汪曾祺,但不太喜欢〈受戒〉一文》中说"汪曾祺在《受戒》中,以欣赏的语气,把中国民间这种'吃教'的精神,表现得淋漓尽致",似乎有鼓励"吃教之嫌"。其实,不仅在《受戒》中,汪曾祺对笔下的人物的一些不合常规的言行活动带着欣赏的语气,在其他的小说里,汪曾祺也常常带着这种欣赏、把玩的腔调来叙述小说,这使得他的作品不像鲁迅那样爱憎分明,那样具有强烈的批判精神。王彬彬按照鲁迅的标准来要求、衡量《受戒》,自然不太"欣赏"。

其实,这正是汪曾祺成为汪曾祺的地方。作为一个追求"和谐"的作家,汪曾祺对待生活的态度和鲁迅是不太一样的,鲁迅作为一个启蒙者思想家,是不可能用"欣赏的语气"描写生活的,他要么在前线呐喊,要么在彷徨中思考。而汪曾祺不是一个在场的思想家,他是生活在生活中的生活家,热爱生活、享受生活是他的文学观,因而"欣赏的语气"才成为他的叙述主调,也才有《鉴赏家》这样的名篇出现。

"知音"新说

"知音体"因一本大众文化的刊物《知音》而成名，如今这本刊物虽然因网络上众多同文体的网文兴起而逐渐式微，但"知音体"却成为大众文化传媒研究的一个有趣的话题。《鉴赏家》当然不是"知音体"，但《鉴赏家》为"知音"这个中国古老文化的典故创造了新的传说。

赏，由两个方面组成。赏与被赏，赏是主动的，被赏的是客体。客体是文本，主体是欣赏者。《鉴赏家》写的是水果小贩叶三欣赏大画家季匋民的故事，是一个位置低的人对位置高的人的欣赏。如果在仕途，下面的人欣赏上面的人，那叫马屁，那叫奉承，而在艺术上，低位者可以毫无顾忌地"欣赏"比自己学问高、地位高的艺术家的艺术作品，这叫知音。知音也是中国传统文化中的一个理想追求，人生得一知己足矣，说的也是知音难寻。

叶三其实就是一个知音。叶三是个水果贩子，他和汪曾祺笔下那些非定型的市井小人物一样，也是非典型的水果贩子，是带点艺术气质的市井人物，"他这个卖果子的和别的卖果子的不一样。不是开铺子的，不是摆摊的，也不是挑着担子走街串巷的。他专给大宅门送果子。也就是给二三十家送。这些人家他走得很熟，看门的和狗都认识他。到了一定的日子，他就来了"。这是一个有想法、有"格"的水果贩子,他是按需供应水果,用今天的词来说,有点私人定制的味道。古语说,宝剑送英雄,水果不是宝剑,但叶三的水果送的也是他懂的人。

当然,能够赢得大宅门的信任,还在于货色靠谱。

他的果子不用挑,个个都是好的。他的果子的好处,第一是得四时之先。市上还没有见这种果子,他的篮子里已经有了。第二是都很大,都均匀,很香,很甜,很好看。他的果子全都从他手里过过,有疤的、有虫眼的、挤筐、破皮、变色、过小的全都剔下来,贱价卖给别的果贩。他的果子都是原装;有些是直接到产地采办来的,都是"树熟",——不是在米糠里闷熟了的。他经常出外,出去买果子比他卖果子的时间要多得多。他也很喜欢到处跑。四乡八镇,哪个园子里,什么人家,有一棵什么出名的好果树,他都知道,而且和园主打了多年交道,熟得像是亲家一样了。——别的卖果子的下不了这样的功夫,也不知道这些路道。到处走,能看很多好景致,知道各地乡风,可助谈资,对身体也好。他很少得病,就是因为路走得多。

这样一个见识广的水果贩子和全县的第一个大画家成为知音,他是季匋民最欣赏的鉴赏家。季匋民身上有傲气,瞧不起那些附庸风雅的权贵们，因为他们不了解艺术，不理解自己的艺术追求所在，而叶三这个"另类"，却句句话都能说到他的心坎上，小说有这样一段对话：

> 季匋民画了一幅紫藤，问叶三。
>
> 叶三说："紫藤里有风。"
>
> "唔！你怎么知道？"
>
> 花是乱的。
>
> "对极了！"
>
> 季匋民提笔题了两句词：
>
> "深院悄无人，风拂紫藤花乱。"
>
> 季匋民画了一张小品，老鼠上灯台。叶三说："这是一只小老鼠。"
>
> "何以见得。"
>
> "老鼠把尾巴卷在灯台柱上。它很顽皮。"

这短对话让我想起了《警世通言》里《俞伯牙摔琴谢知音》的描述：

> 伯牙将断弦重整，沉思半晌。其意在于高山，抚琴一弄。
>
> 樵夫赞道："美哉洋洋乎，大人之意，在高山也！"

伯牙不答。又凝神一会，将琴再鼓，其意在于流水。

樵夫又赞道："美哉汤汤乎，志在流水！"

这段引文我是根据汪曾祺的行文风格分段的，可以发现二者有异曲同工之处，《警世通言》里写的是音乐，写普通樵夫钟子期能听懂士大夫俞伯牙的高雅艺术古琴的演奏，也是身份地位不同的两个人之间平等的艺术交流，伯牙是高明的艺术家，子期则是艺术水平很高的鉴赏家。《鉴赏家》写的绘画，季匋民有士大夫气，是四太爷，是贵族，叶三是小贩，类似樵夫，两人身份的差距类似伯牙和子期，但两人精神上的沟通则是零距离。汪曾祺通过《鉴赏家》写了"知音新传"，当然，"知音"一词后来有些变俗了，"鉴赏家"更符合汪曾祺的风格。

汪曾祺身上的文气深厚，他吸收中国传统文化的精华，不留痕迹，叶三和季匋民的故事可以在俞伯牙、钟子期的"知音"故事里找到原型，如果仅仅如此，汪曾祺还只是"改写"或"故事新编"，汪曾祺的魅力在于融会贯通，不留痕迹。小说的后半段，写日本人辻听涛出大钱收购季匋民的绘画，叶三坚决不卖，小说的结尾写道：

叶三死了。他的儿子遵照父亲的遗嘱，把季匋民的画和父亲一起装在棺材里，埋了。

读到这里，不禁有些动容，真正的知音，也是真正的鉴赏家。普通小贩叶三的故事，居然让我们想起了唐太宗和《兰亭集序》的故事，唐太宗酷爱王羲之的书法，尤其酷爱"天下第一行书"《兰亭集序》，为了得到他的真迹不惜动用朝廷的权力将它骗到手，最为荒唐的是，临死前，居然让《兰亭集序》真迹陪葬了，世人再也不能目睹这件伟大的作品了，而在昭陵中沉睡千年。我们在感慨唐太宗对艺术的痴迷的同时，又有些愤慨封建帝王的贪婪和无耻。叶三对艺术的痴，和唐太宗一样，但作为一个普通百姓，其痴并不显得贪婪，反而更为真诚和可爱。汪曾祺可谓化腐朽为神奇，传统文化常常被他成功地转化。

自我博弈

汪曾祺的很多人物来自记忆，在生活中可以找到原型。《鉴赏家》的人物是有原型的，里面写到的四太爷季匋民，高邮人，原型是王陶民，是和刘海粟同时代的大画家，只是寓居高邮不为更多的人所知，现在有些作品还被藏家关注。叶三，则是一个虚构的人物，我曾在高邮查询有无此人的原型，没有找到这么一个理想的小贩鉴赏家，显然，叶三是虚构的。虚构和非虚构混在一起，正是汪曾祺的魅力，也是小说的魅力。《鉴赏家》可以作为小说的虚构和非虚构有机结合的经典范本。

季匋民其实也不是现实中的王陶民，我在高邮工作时，做过高邮的文史资料收集研究，了解过王陶民的生平，也见过王陶民的作品，其实和小说中的季匋民还是有着不小的差异。这个季匋民是借"四太爷"的外壳，灌注的是汪曾祺自己的绘画理想和艺术精神。比如，小说里写季匋民喜欢喝酒就水果，一边喝酒，一边作画。这多半是汪曾祺自己的写照，他经常画画写字时就着酒，还喜欢在墨水里加酒来调节浓淡。

季匋民最爱画荷花。他画的都是墨荷。他佩服李复堂，但是画风和复堂不似。李画多凝重，季匋民飘逸。李画多用中锋，季匋民微用侧笔，——他写字写的是章草。李复堂有时水墨淋漓，粗头乱服，意在笔先；季匋民没有那样的恣悍，他的画是大写意，但总是笔意俱到，收拾得很干净，而且笔致疏朗，善于利用空白。他的墨荷参用了张大千，但更为舒展。他画的荷叶不勾筋，荷梗不点刺，且喜作长幅，荷梗甚长，一笔到底。

我见过王陶民的荷花作品，也见过汪曾祺的荷花作品，汪曾祺的荷花比王陶民的更像李复堂。因此，与其说季匋民佩服李复堂，不如说汪曾祺佩服李复堂，这也是汪曾祺没有使用王陶民原名的原因，因为王陶民的作品有不少是山水长幅，而李复堂则以花鸟短制胜。汪曾祺的绘画多花鸟小品，少山水泼墨，也和李复堂一样。如果把汪曾祺和李复堂的画作进行比较，就会发现，汪画对李复堂的绘画精神一脉相承，甚至有的题款也受到李复堂的影响，比如"南人不解食蒜"就是直接从李复堂那里化用过来的。

汪曾祺还在小说里化身叶三，与季匋民对话。叶三作为一个小贩，充满了艺术家的气息，他买的水果，四时八节，应时而生，新鲜，又出自最好的产地，堪称艺术品，他是把生活艺术化了。但在叶三身上我们却能看出汪曾祺的影子，汪曾祺是个艺术家，但是更多的时候是把生活艺术化了。孟子说，"君子远庖厨"，尽管原义是说仁政的问题，但后来被士大夫视作高雅的借口。汪曾祺不远庖厨，他喜欢下厨房，喜欢买菜，喜欢做美食家。小说里面叶三关于水果如数家珍的种种见解，其实是汪曾祺的生活心得，是汪曾祺对"水果"的欣赏。《鉴赏家》里面有两重鉴赏，容易看到的是对艺术的鉴赏，而在另外一个层次还有对水果的鉴赏，其实是对生活的鉴赏，当然也不难看出汪曾祺对自己生活艺术化的欣赏，笔墨纸间隐隐流露出浅浅的自得。

可以这样说，《鉴赏家》是汪曾祺小说中"自我"色彩最浓的一篇，他化身生活，他化身艺术，他化身季匋民，他化身叶三，他自己和自己对话，他自己和自己博弈，最经典的就是叶三和季匋民的关于紫藤和风的对话，其实汪曾祺的内心里多么渴望有这样一个叶三。这篇小说写于1982年，在20世纪

80年代初期的主流文坛，汪曾祺的小说并不被看好，他的内心大有"知音少，弦断有谁听"的孤独和渴望，但汪曾祺不是怨天尤人的风格，他把这种情感化作了《鉴赏家》里的自我博弈、自我欣赏，而我们今天以"欣赏的语气"来阅读汪曾祺的时候，其实也是一种鉴赏家的心态：生活是很好玩的。

2019年9月5日初稿，奉子英之意

12月25日改定于润民居

《桥边小说》的"边"

《桥边小说》是汪曾祺最为独特的一组小说。他把《桥边小说》交给《收获》发表,应该是精心考虑过的。比如,他把修改过的《异秉》交给家乡的刊物《雨花》发表,《大淖记事》交给《北京文学》发表,《岁寒三友》交给《十月》发表,都是有过掂量的。投其所好,或者是"明珠明投"吧。

《桥边小说》其实由三个短小说组成,之前他也有类似的方式,比如《故里杂记》《故里三陈》,但专门在小说题目上标明"小说"的还是第一次。这意味着什么?汪曾祺小说的散文化倾向特别明显,而这三篇小说很容易被一般的编辑当作散文来处理,老先生怕人家把他苦心经营的小说误作散文发表,也怕读者误认为刊物的编辑弄错了文体,所以索性就在题目上标明,我写的是地地道道的小说。潜台词则是:这也是小说!当然,选择《收获》也是考虑到《收获》的接受能力,因为《收获》的文学观念在同时代的文学刊物中以敢于探索和不拘一格著称,当时一些不像小说的小说都是从《收获》这边"出笼"的,比如王蒙的《杂色》、徐晓鹤的《院长和他的疯子们》、苏童的《1934年的逃亡》等。汪曾祺知道,《桥边小说》适合在《收获》上发表,《收获》能够接纳、包容这样"奇形怪状"的小说。

　　《桥边小说》是"奇形怪状"的，汪曾祺特地在三篇小说后面还加了一个《后记》，这也是破天荒的。除此之外，在汪曾祺的小说中，写完之后还要加上后缀的，只有《受戒》篇尾的一句"写四十三年前的一个梦"。这句"四十三年前的一个梦"非常重要，是进入这篇小说的一把钥匙。在小说的"落款处"留下一两句话，并非汪曾祺首创，而《桥边小说》专门在三篇短小说之后加上一个《后记》，来解释三篇小说，有点兴师动众。这不仅是汪曾祺小说史的第一次，在当代小说创作史上也极为少见。这个《后记》有点类似"创作谈"，但一般创作谈是小说完成之后应邀才写。而从《后记》的时间来看，和前面的《茶干》同样写于1985年的12月12日，可见汪曾祺在小说完成之后，就一鼓作气地跟着写，很自然地成为小说的有机结合体。当然这本身也是有点奇形怪状的，后现代主义的"元小说"的概念，是允许作家在小说中自我阐释小说的，这也成为小说的一部分。汪曾祺在写《后记》的时候，当然不知道"后现代主义"的概念，他只是信马由缰，意犹未尽，觉得要有个"说明"，要对小说进行夫子自道，可见他对这组小说的重视。

　　《后记》不长，全文照录：

后　记

　　我现在住的地方叫作蒲黄榆。曹禺同志有一次为一点事打电话给我，顺便问起："你住的地方的地名怎么那么怪？"我搬来之前也觉得这地名很怪："捕黄鱼？——北京怎么能捕得到黄鱼呢？"后来经过考证，才知道这是一个三角地带，"蒲黄榆"是三个旧地名的缩称。"蒲"是东蒲桥，"黄"是黄土坑，"榆"是榆树村。这犹如"陕甘宁""晋察冀"，不知来历的，会觉得莫名其妙。我的住处在东蒲桥畔，因此把这三篇小说题为《桥边小说》，别无深意。

　　这三篇写的也还是旧题材。近来有人写文章，说我的小说开始了对传统文化的怀恋，我看后哑然。当代小说寻觅旧文化的根源，我以为这不是坏事。但我当初这样做，不是有意识的。我写旧题材，只是因为我对旧社会的生活比较熟悉，对我旧时邻里有较真切的了解和较深的感情。我也愿意写写新的生活，新的人物。但我以为小说是回忆。必须把热腾腾的生活熟悉得像童年往事一样，生活和作者的感情都经过反复沉淀，除净火气，特别是除净感伤主义，这样才能形成小说。但是我现在还不能。对于现实生活，我的感情是相当浮躁的。

　　这三篇也是短小说。《詹大胖子》和《茶干》有人物无故事，《幽冥钟》则几乎连人物也没有，只有一点感情。这样的小说打破了小说和散文的界限，简直近似随笔。结构尤其随便,想到什么写什么,想怎么写就怎么写。我这样做是有意的(也是经过苦心经营的)。我要对"小说"这个概念进行一次冲决:小说是谈生活,不是编故事;小说要真诚,不能耍花招。小说当然要讲技巧,但是:修辞立其诚。

一九八五年十二月十二日夜

《后记》说了三方面的内容,一是为什么起这个题目,主要说"桥",二是为自己的题材的"旧"做了辩护,当时确实有人批评、嫌弃汪曾祺写旧社会的文字,认为应该更多地写新生活,汪曾祺在这里提出他非常著名的观点:小说是回忆。这一观点成为汪曾祺的一个重要的小说观,"小说是回忆"自然是一家之言,自然是针对汪曾祺或汪曾祺一类的作家而言,不是带有普适性质的真理。文学也很难有绝对的真理。

《后记》的第三节也是汪曾祺最为在意的部分,他明确表示"要对'小说'这个概念进行一次冲决",这是《桥边小说》最大的宗旨:要对"小说"这个概念进行一次冲决,"冲决"是汪曾祺先生的说法,当时流行的说法,叫"小说观念的更新",更激进的说法,则是"小说的革命"。汪曾祺文字温和,性格也温和,但文学观念尤其小说观念一点也不温和,甚至有点激进。这个《后记》就是他不温和的一个例证,以他的"人间送小温"的性格,是不会使用"冲决"这么有强度有力度的词的,但这里居然用了,而且是在小说写完之后专门加了一个《后记》来陈述自己冲决的决心和实践。

《桥边小说》其实是对小说界限的一次冲击,是在小说的边缘处进行写作。一般认为小说的三要素是人物、情节、环境,三者缺一不可,但汪曾祺明确表示"有人物无故事"也可以成为小说,像《詹大胖子》和《茶干》就没有完整的故事,都是由人物的生活琐事和细节构成。《詹大胖子》写的是小学的校工詹大胖子的一生,也是作家对童年生活的一种回忆和重温,里面的很多内容后来在汪曾祺的散文和自传里都有写到,尤其那首童谣"小羊儿乖乖,把门儿开开,快点儿开开,我要进来",多有涉及。小说中王文蕙的原型就是汪曾祺的幼稚园老师,小说里的张蕴之也是王老师后来的丈夫,汪曾祺在《我的小学》里曾经这样记述:"一九八六年我回了一次故乡,带了两盒北京的果脯,去看张老师和王老师。我给张老师和王老师都写了一张字。给王老师写的是一首不文不白的韵文:小羊儿乖乖,把门儿开开,歌声犹在,耳畔徘徊。念平生美育,从此培栽。我今亦老矣,白髭盈腮。但师恩母爱,岂能忘怀。愿吾师康健,长寿无灾。"

这种写法有点类似今天的"非虚构",而汪曾祺当时把这种非虚构作为冲决小说概念的一种利器。如果说《詹大胖子》还是有人物无故事的话,那么《茶干》这篇小说的人物已经显得不那么重要了,在《茶干》里,人已经让位于物,小说的核心形象是茶干，是酱园文化。人物连万顺也是这酱园文化的一部分。酱园文化的核心又是茶干，这篇小说有点像后来法国新小说派的"物化"小说，"新小说派"的代表人物罗伯·格里耶认为，传统小说过于强调人的主体性，而忽略物的主体性，所以"新小说派"的作家有意物化人的情感，而突出物的主体性。在《茶干》这篇小说里，主体应该是茶干，茶园文化是环境，主人公连万顺也是茶干的制造者。《茶干》不是风物性散文的原因，在于汪曾祺为茶干塑造了一个茶干之父——连万顺，但这连万顺不是小说的主人公，这连万顺也被"物化"了，成为茶干形象的组成部分，茶干这个物的形象不仅包含茶干自身的形象，也涵括了酱园，还涵括了酱园的主人连万顺。汪曾祺《茶干》对小说概念的冲决是非常大胆的，也是很容易被误解的，因为在外形和语态上，极易混淆于一般的风物随笔，但在"物"的小说谱系中还是别具一格的。

最为奇妙或奇绝的是《幽冥钟》，这篇小说是标准的"三无小说"，无主题，无情节，无人物，只写了一种声音：钟声。1945年汪曾祺写过一篇小说，叫《小学校的钟声》，有趣的是，这篇小说里写到了校工老詹，也就是《詹大胖子》里的斋夫，时过40年之后，汪曾祺又想起了家乡的钟声，又想起了小学校的老师和校工，想到了幼稚园母爱充盈的王老师。所以写完《詹大胖子》之后，紧接着又写了《幽冥钟》，二者带有某种延续性，可以说《幽冥钟》是对王文蕙爱意的一种扩展，所以小说最后才有"女性的钟，母亲的钟"这样的颂词。

这篇小说呈现出汪曾祺一如既往的风格，很像《受戒》和《大淖记事》的开头，——介绍风土和环境，还说到自己的小说《受戒》和《陈小手》，写到承天寺：

> 承天寺在城北西边，挨近运河。城北的大寺共有三座。一座善固寺，庙产甚多，最为鲜明华丽，就是小说《受戒》里写的明海受戒的那座寺。一座是天王寺，就是陈小手被打死的寺。天王寺佛事较盛。寺西门外有一片空地，时常有人家来"烧房子"。烧房子似是我乡特有的风俗。"房子"是纸扎店扎的，和真房子一样，只是小一些。也有几层几进，有堂屋卧室，房间里还有座钟、水烟袋，日常所需，一应俱全。照例还有一个后花园，里面"种"着花（纸花）。房子立在空地上，小孩子可以走进去参观。房子下面铺了一层稻草。天王寺的和尚敲着鼓磬铙钹在房子旁边念一通经（不知道是什么经），这一家的一个男丁举火把房子烧了，于是这座房子便归该宅的先人冥中收用了。天王寺气象远不如善因寺，但房屋还整齐，——因此常常驻兵。独有承天寺，却相当残破了。寺是古寺。

笔墨叙述的语调和《受戒》的开头极其相似，《受戒》开头铺垫的环境和氛围是为明海和小英子登场谈恋爱做前奏的，

但这里登场的不是人物,而是声音,钟声登场了。从承天寺到罗汉堂,到钟,有序道来:

大殿西侧,有一座罗汉堂。罗汉也多年没有装金了。长眉罗汉的眉毛只剩了一只,那一只不知哪一年脱落了,他就只好捻着一只单独的眉毛坐在那里。罗汉堂外面,有两棵很大的白果树,有几百年了。夏天,一地浓荫,冬天,满阶黄叶。

罗汉堂东南角有一口钟,相当高大。钟用铁链吊在很粗壮的木架上。旁边是从房梁挂下来的撞钟的木杵。钟前是一尊地藏菩萨的一尺多高的金身佛像。地藏菩萨戴着毗卢帽,跏趺而坐,低眉闭目,神色慈祥。地藏菩萨前面点着一盏小油灯,灯光幽微。

在佛教的菩萨里,老百姓最有好感的是两位。一位是观世音菩萨,因为他(她)救苦救难。另一位便是地藏菩萨。他是释迦灭后至弥勒出现之间的救度天上以至地狱一切众生的菩萨。他像大地一样,含藏无量善根种子。他是地之神,是一位好心的菩萨。

为什么在钟前供着一尊地藏菩萨呢?因为这钟在半夜里撞,叫"幽冥钟",是专门为难产血崩而死的妇人而撞的。不知道为什么,人们以为血崩而死的女鬼是居处在最黑最黑的地狱里的,——大概以为这样的死是不洁的,罪过最深。钟声，会给她们光明。而地藏菩萨是地之神，好心的菩萨，他对死于血崩的女鬼也会格外慈悲的，所以钟前供地藏菩萨，极其自然。

撞钟的是一个老和尚。相貌清癯，高长瘦削。他已经几十年不出山门了。他就住在罗汉堂里。大钟东侧靠墙，有一张矮矮的禅榻，上面有一床薄薄的蓝布棉被，这就是他的住处。白天，他随堂粥饭，洒扫庭除。半夜，起来，剔亮地藏菩萨前的油灯，就开始撞钟。

钟声是柔和的、悠远的。

"东——嗡……嗡……嗡……"

钟声的振幅是圆的。"东——嗡……嗡……嗡……"，一圈一圈地扩散开。就像投石于水，水的圆纹一圈一圈地扩散。

"东——嗡……嗡……嗡……"

钟声撞出一个圆环，一个淡金色的光圈。地狱里受难的女鬼看见光了。她们的脸上现出了欢喜。"嗡……嗡……嗡……"金色的光环暗了，暗了，暗了……又一声，"东——嗡……嗡……嗡……"又一个金色的光环。光环扩散着，一圈，又一圈……

夜半，子时，幽冥钟的钟声飞出承天寺。

"东——嗡……嗡……嗡……"

幽冥钟的钟声扩散到了千家万户。

正在酣睡的孩子醒来了,他听到了钟声。孩子向母亲的身边依偎得更紧了。

承天寺的钟,幽冥钟。

女性的钟,母亲的钟……

这里的钟声是一种情绪,也是一种旋律,当然更是一种意象。汪曾祺早期曾经迷恋过意识流小说代表作家伍尔夫,在这里可以读出伍尔夫的味道来,同时还可以读出唐诗宋词的韵味来。

1981年,汪曾祺在《汪曾祺短篇小说选》自序里说过,"我年轻时候曾想打破小说、散文和诗的界限"。到1985年,他65岁了,依然要实现年轻时的梦想,打破小说、散文和诗的界限,《幽冥钟》完美地实现了他年轻时的梦想,《詹大胖子》和《茶干》打破了小说和散文的界限,《幽冥钟》更打破了小说和诗歌的界限,小说成了美轮美奂的散文诗。

别林斯基说过:所有艺术的最高境界都是诗。

汪曾祺站在了小说的最高境界,他的小说也如幽冥钟一样:

东——嗡……嗡……嗡……

《故里三陈》的"三"

《陈小手》俨然已经是汪曾祺的名篇,很多选本把它作为单篇收入,一些微小说作家也将《陈小手》作为微小说的经典。其实呢,《陈小手》并不是单独成篇的,是汪曾祺短篇小说《故里三陈》的一部分,《故里三陈》由《陈小手》《陈四》《陈泥鳅》三篇组成,严格意义上说,《陈小手》不是"一篇",当然,它能够独立成篇正说明汪曾祺的功力和魅力,因为很多作家的名篇抽出来部分内容是不太容易成篇的。

先说为什么《陈小手》不是微小说,就篇幅而言,不足一千五百字,划入微小说也是合理的。但我们在读《陈小手》的时候甚至读完之后,不太会想到这是一篇微小说或小小说,因为小说的内容已经超过了我们印象中的微小说的内涵。微小说或小小说的出现,是随着报纸副刊的繁荣而日渐兴起的一个小说品种,属于快餐类的消费文体。我这么说,不是对这一文体的不恭,而是微小说本身的文体特点所决定的。微小说或小小说本身就属于短篇小说的一个分支或者变异,它之所以独立成为一个门类,与载体相关。如果就字数而言,《聊斋志异》的很多篇目都属于微小说的范畴,但我们从来都认为蒲松龄是一个优秀的小说家或者伟大的短篇小说家,不会把他看作一个微小说或小小说的作家。就像我们认为刘义庆的《世说新语》是优秀的笔记小说，而不会从超短小说或微小说去认定其成就，其实笔记小说的篇幅比我们现在常见的微小说的篇幅还要短，字数还要少。同样，俄罗斯作家契诃夫的很多短篇小说如《变色龙》《小公务员之死》和现在的微小说篇幅差不多，但我们都认为那是短篇小说。

微小说之所以微，还在于小说的"当量"不足。"当量"作为一个化学专业用语，指化学反应中物质的质量比。我们知道物质的组成总是一定的，例如组成水的氢和氧的质量比是8：1.008。各种物质彼此进行反应时，它们的质量比也总是一定的。但核弹爆炸时，释放的能量比采用化学炸药的常规弹药大得多。因此，同为当量，能量是不一样的。微小说相当于传统的炸药，而大作家的优秀短篇虽然篇幅也很短，却是能够产生核反应的炸药，我们不能把它们当作常规武器。在这样的前提下，我们就能够理解李白的《静夜思》和柳宗元的《江雪》，虽然都是短短20字，却足以和很多的优秀的长诗抗衡了。同时也能够理解当代的优秀作家王蒙、冯骥才等人偶尔为之的短小说就让那些专门从事微小说写作的作家汗颜的原因了，因为王蒙、冯骥才的笔下带"核"。

同样，《陈小手》也是带"核"的，这个"核"的能量是由人物身上释放出来的。《故里三陈》写的是三个手艺人的故事。陈小手作为一个男性，却有着高超的接生技能，陈四是一个踩高跷的高手,陈泥鳅则是一个水性极好的救生员。三陈身上的"奇技淫巧",体现了汪曾祺笔下小说人物的一个特性,汪曾祺总是喜欢描写那些生活在底层的匠人,他们常常身怀绝技,比如《鸡鸭名家》中余老五炕鸡炕鸭时对火候的精准控制,《鉴赏家》中水果贩子叶三对书画的不凡鉴赏力,等等,这些小人物身上自带的"传奇"能量,让汪曾祺小说带有某种传奇和神秘的日常性。

这就涉及对小说本质的理解。伊恩·瓦特在其《小说的兴起》中认为,西方之所以在十八世纪晚期将叙写真实的个人经验的作品定名为"小说"(novel 的原义是"新颖""奇异"),就因为"个人经验总是独特的,因而也是新鲜的"。中国小说的传统从来没有脱离传奇的本性。鲁迅在《中国小说史略》中把中国传统小说概括为:魏晋"志怪"和"志人"小说,唐"传奇",宋元"话本"和"拟话本",明"讲史演义"(《三国演义》《水浒传》)、"神魔小说"(《西游记》《封神榜》)、"人情小说"(《金瓶梅》),清"拟晋唐小说"(蒲松龄、纪晓岚)、"讽刺小说"(《儒林外史》)、"人情小说"(《红楼梦》)、"以小说见才学者"(《镜花缘》),以至"狭邪"(《海上花列传》)、"侠义"(《七侠五义》)和"谴责"(《官场现形记》),小说更迭频繁,终不脱志怪传奇。即使被鲁迅誉为"传统的思想和写法都打破了"的《红楼梦》,主人公贾宝玉也充满"传奇",衔玉而生,绝非凡胎,也非现实,至于爱吃胭脂的怪癖,已近畸人。

　　传统小说经常出现的英雄和大侠属奇人，但现代小说则注重畸人的塑造。从奇人到畸人，也是小说从古典向现代转化的一个路径。金庸的武侠小说为什么能够风靡一时，在于他不仅写了传统小说里的奇人英雄郭靖等，还塑造了岳不群、黄老邪、韦小宝等畸人，金庸作为传统武侠小说是具有某种现代性的。当然，优秀的经典小说，总是将奇人和畸人组合在一起，比如雨果《巴黎圣母院》里的敲钟人夸西莫多本身是一个畸人，而副教主克洛德则是心理上的畸人。

　　雨果时代的探索还侧重于真善美与假丑恶的对比，现代小说开始注重畸人的特别内涵。美国作家舍伍德·安德森的短篇小说集《小城畸人》问世之后，畸人的形象成为一条小说"军规"了。汪曾祺对安德森的《小城畸人》颇为推崇。"畸人"是一个颇有意味的概念，安德森在代序的开篇之作《畸人志》中讲得很明白："使人变成畸人的，便是真理。""畸人"一词本身，就表明了不见容于时俗与伦理，包含着疏离、歧视的意思。而《小城畸人》中所指称的这类天赋异禀的人和汉语中"畸人"的语义恰好异曲同工。"畸人"在汉语中是个很有意味的词。《庄子·大宗师》："子贡曰：'敢问畸人？'曰：'畸人者，畸于人而侔于天。'"成玄英疏："畸者，不耦之名也。修行无有，而疏外形体，乖异人伦，不耦于俗。"也就是说"畸人"指的是特立独行、不同流俗的"异人""奇人"。"侔于天"

就是说"畸人"往往能够与天相达、相通。宋代诗人陆游《幽事》诗之二有:"野馆多幽事,畸人无俗情。静分书句读,戏习酒章程。"讲的也是"畸人"超凡脱俗的一面。

汪曾祺小说中也常常写的是奇人逸事,这些奇人,又带有畸人的成分,他们尽管出身清寒,但展示自己不凡的技艺时,就摆脱了身份的粗糙与卑微,显出那近乎求道的高雅和贵气,有时候甚至达到物我两忘的审美境界。《故里三陈》的三陈都属于这种有异常技能的奇人。接生,本是女性的活儿,陈小手作为男性却超过了女性,而且专门解决疑难杂症,这自然是奇人了。

> 陈小手的得名是因为他的手特别小,比女人的手还小,比一般女人的手还更柔软细嫩。他专能治难产。横生、倒生,都能接下来(他当然也要借助药物和器械)。据说因为他的手小,动作细腻,可以减少产妇很多痛苦。大户人家,非到万不得已,是不会请他的。中小户人家,忌讳较少,遇到产妇胎位不正,老娘束手,老娘就会建议:"去请陈小手吧。"
>
> 陈小手当然是有个大名的,但是都叫他陈小手。

但陈小手的命也毁在他的手上,这个奇人却碰到另一个畸人,这个畸人就是保安团长,团长的太太难产了,陈小手使尽浑身解数让母子平安，但陈小手的下场却是：

陈小手出了天王庙，跨上马。团长掏出枪来，从后面，一枪就把他打下来了。

团长说："我的女人，怎么能让他摸来摸去！她身上，除了我，任何男人都不许碰！这小子，太欺负人了！日他奶奶！"

这是典型的欧·亨利式的结尾，"活人多矣"的陈小手却死在救人回来的途中，团长的残暴和愚蠢是令人憎恨的，但汪曾祺却在小说应该结尾的地方加了七个字：

团长觉得怪委屈。

这是异峰突起，也是神来之笔，当然也是汪曾祺将奇人与畸人鲜明对比的杰作。小说一直是用第三人称叙述，甚至是贴着陈小手的视角叙述的，但这个时候突然转到了团长视角这里，貌似突兀，但却也是"贴着人物写"的必然。

读者读到这里是愤怒的，为陈小手的悲惨命运愤怒，为团长的凶残、恩将仇报愤怒，但团长自己却感到委屈，真让人意想不到。这一方面交代了团长开枪的原因，他的太太被陈小手摸了，他觉得是奇耻大辱，觉得陈小手在欺负他，所以他忍受不了,他开出了愤怒的、"男人"的一枪,因为"委屈",而委屈的原因是他的女人不能让别人摸,摸了就是欺负他,就委屈。中国古代有男女授受不亲的陋习,而陈小手居然摸了他女人的下体,自然该死。这是什么逻辑,团长是一个被封建主义毒害至变态的畸人,第一,女人的身体并非只是性器官,也不是他个人的私有物,第二,医生救死扶伤,无论男女,这里的身体是科学意义的存在,而不是道德意义的载体。团长的畸人心态,既是封建主义对人的无视和践踏,其霸道和愚昧也是权力的滥用。

从奇人到畸人到畸态,这是汪曾祺在《故里三陈》这类奇人小说展现出来的一个深刻的人性主题。《异秉》说到人的异秉的问题,结尾处陈相公和陶先生在厕所邂逅,是验证自己有无异秉的场景,也是心理变态的一种。小说依然是反讽而悲悯的。

《陈小手》虽然篇幅短得像微小说,但因其内核含有"核"的当量,写出了人性深处的黑洞,所以释放出来的巨大能量不是一般篇幅所能企及的。除此以外,《陈小手》和《陈四》《陈泥鳅》形成了某种呼应关系,"陈"勾连起的不只是同一姓氏的手艺人,而是同一命运共同体的浓缩图。汪曾祺喜欢这种创作形式,我在《汪曾祺的意象美学》讲过汪曾祺小说中,"有一种类似套装或组合的特殊结构,这就是'组结构',组结构是以三篇为一个单元,形成似连还断、似断又连的组合体。三篇小说之间，情节自然没有联系，人物也没有勾连，有时候通过空间加以联系。有《故里杂记》（李三·榆树·鱼）、《晚饭花》（珠子灯·晚饭花·三姊妹出嫁）、《钓人的孩子》（钓人的孩子·拾金子·航空奖券）、《小说三篇》（求雨·迷路·卖蚯蚓的人）、《故里三陈》（陈小手·陈四·陈泥鳅）、《桥边小说三篇》（詹大胖子·幽冥钟·茶干），六组十八篇，在汪曾祺的小说中占有相当高的比例"。

在《汪曾祺的书画美学》一讲中，我也分析过："汪曾祺为什么对这种形式如此偏爱？或许源自他高深的书画修养。这些作品的组合方式，其实是中国书画最常见的一种摆布方式，就是'条屏'。单独放置的书画作品叫条幅，并置的几幅作品叫条屏，有四条屏、八条屏等多种形式。'条屏'的创作往往有异质同构的特点，内容上似断实连。汪曾祺的这些套装的组合小说实际是书法美学的融化和变通。"落实到小说创作中中，则是篇与篇之间的"篇气"，每一篇作品都有自己的气息，有些作品气息是相通的，像《故里三陈》里陈小手、陈四、陈泥鳅，表面是三个互不关联的姓陈的人物，三个人物连起来就是底层手艺人的悲惨命运，作家的悲悯之心油然而现。值得注意的是，这种套装结构的方式只出现在汪曾祺晚年的作品中，早期的创作中一篇也没有。他反复再三地试验这一小说形式，说明他从心底里对这种形式的喜爱和器重。再者，这种小说的组合法在其他作家身上有过类似的试验，但如此多的组合，又达到如此高的成就，可以说独此一人。因为其他作家用的是形式，没有能够体会到中国书画艺术的博大精深。

汪曾祺小说的组合结构表面看来似乎是对中国美学传统的承继，实际上也是现代小说的一种表现，前面我们说到安德森的《小城畸人》，这部小说集也是由25篇短篇小说组合而成，就单篇看，也是独立成篇，而整体上却构成了一个有机体，人物和人物之间的潜在的联系，就像安德森在《畸人志》中开宗明义地写道，"起初，世界年轻的时候，有许许多多思想，但没有真理这东西。人自己创造真理，而每一个真理都是许多模糊思想的混合物。全世界到处是真理，而真理统统是美丽的。——每个人出现时抓住一个真理，有些十分强壮的人竟抓住一打真理"。

安德森用"个人的真理"来言说这种小说的智取，而汪曾祺的《故里三陈》通过每个人的独特命运，展现世界的丰富可能性和人的可能性，《陈小手》是悲剧，《陈四》是不悲不喜，《陈泥鳅》则推向温暖，三篇小说像音乐组曲一样，缓缓推向温暖的曲调，这和"人间送小温"的情怀一脉相承。

道生一，一生二，二生三，三生万物。

2019年7月4日
定稿于赣榆和安湖

第十二讲

汪曾祺出版热

隐隐地觉得有一股"汪曾祺热"在悄悄形成，人们在不同的场合谈论汪曾祺，出版界仿佛约好了似的，纷纷出版他的作品。今年称得上是汪曾祺出版大年，人民文学出版社出版了小说全篇，广陵书社出版了"回望汪曾祺"系列丛书，现代出版社出版了《人间草木》，河南文艺出版社、九州出版社、上海三联出版社、山东画报出版社、作家出版社等多家出版社纷纷出版了汪曾祺的书，据不完全统计，仅今年以来，全国各出版社出版的汪曾祺著作和研究专著，就有五十种以上，颇为可观。

一般来说，一个作家的出版热往往与一些时间节点和事件有关，比如陈忠实去世之后，他的作品热销；电视剧《平凡的世界》的热播，也带动了路遥作品的出版热。今年不是汪曾祺一百周年诞辰,也不是逝世二十周年,并没有太多的由头来"炒作"。汪曾祺的这些书,有好多都是图书公司策划运营的,并没有国家层面的项目介入,"汪曾祺出版热"并不属于"文化工程"范畴内的运作,而是自然而然形成的,是民间自发地、不由自主地掀起了这么一个不大不小的"汪曾祺热"。

汪曾祺的作品总量并不庞大,总数量也就200万字多一点。如果出书,就10本左右。今年新出的这些作品除了《小说全编》里增加几篇佚作外,都算不上新作,其他的出版都是单篇不停地重新组合,就像从A、B、C再到B、C、A再到C、A、B……其实也是一种重复出版。重复出版说明什么问题呢?第一是市场需求在主导——对于汪曾祺的作品,读者要读,喜欢读;第二就是中国图书发行分布不均匀,每个出版社都有自己的发行区域,这个区域覆盖了,另外一些区域没有覆盖,不影响各自的图书市场。其实"汪曾祺热"也非今天开始的,汪曾祺"人间送小温"的理念让他的作品也一直温温地热着,有点经久不衰。这种温热的原因大概来自几个方面。

"有益于世道人心"的文学理念

我们一直在呼吁作家要写好中国故事,传达中国精神,要有中国叙事,但什么是具有中国精神的文学,其实不是特别清楚。汪曾祺之所以让广大读者喜爱、认可,是因为他契合了我们的文化需求、文化理想和文学理念，政府和老百姓都希望有这么一个能讲好中国故事、传播中国文化、弘扬中国精神的作家。之前，汪曾祺的作品也受到欢迎，但更多的时候是被当作"风格作家"看待的，他的意义和价值处于半遮蔽的状态，评论界往往从艺术的、技术的层面去认可他，他的价值没有和中国故事、中国精神这样高的层面结合起来，没有发现他的作品包裹的是一颗中国文化的心。

这颗文化的心首先体现在汪曾祺朴素而真诚的文学理念上。汪曾祺说过，"文学要有益于世道人心"。1983年4月11日，汪曾祺在写给刘锡诚的信中，说："我大概可以说是一个中国式的、抒情的人道主义者。我的理想是：'致君尧舜上，再使风俗淳'，是换人心，正风俗。"这是他整个文学创作的核心价值观，即对世道、对人心要有益。他的性格不像其他作家那样强势，他不指望自己能成为灯塔一样的作家，也没有去引导、引领社会风气的勇气和魄力，他只是希望自己的作品对社会和文化发展是有益的，而不能是有害的，这样就会传播一种正能量，用他自己的话说，"人间送小温"。

"有益于世道人心"对于现如今的文学发展本是最低的要求，而今的文学市场上，有些作品与这个要求有不小的距离，有些张牙舞爪，有些麻木不仁，尤其是网络上的一些作品，虽然不能说诲淫诲盗，但对世道人心没有积极的影响，或过于八卦，或过于娱乐化，写变态情感、情绪的比较多，目的就是纯粹地吐槽、猎奇、博人眼球或只为了感官刺激，缺少中国文化内涵和人文情怀的笼罩，一句话，有悖于世道人心。

汪曾祺的个人经历也是潮起潮落，一会儿被推到浪尖，一会儿又被抛入谷底，但汪曾祺的作品始终让人感受到他是一个积极向上的乐观主义者，他自己也曾说："我是一个乐观主义者。对于生活，我的朴素的信念是：人类是有希望的，中国是会好起来的。"甚至在人生最黑暗的时期，他都还能感受到生活的诗意，发出"生活是很好玩的"的感慨，这成为他相信人可能"欢悦地活着"的根源。

在这样的理念支配下，他的作品从小处着手，从最基本的生活的层面找出诗意和美感，对普通人的生活予以贴切的关注和爱意。汪曾祺在白马庙教中学的时候，他看见一个挑粪的，"粪桶是新的，近桶口处画了一圈串枝莲，墨线勾成，笔如铁线，匀匀净净。粪桶上描花，真是少见"。一个挑粪桶的工人，也是一个热爱生活、寻找生活美感的人，美是无处不在的。汪曾祺能够捕捉到这个细节，说明他内心深处存在着一个美的感光器。著名戏剧家史航曾把汪曾祺称为"美的侦探"，一个为探寻美而孜孜不倦的老福尔摩斯，史航说，汪曾祺牵挂的又不光是美，他只是觉得，经常提到美，会让他的读者心软，心软是非常重要的事情。让读者心软很重要，心软不是懦弱，不是胆怯，而是对生活的热爱和包容。

为什么汪曾祺的作品让人读了心软？因为他的作品里具有

一种悲悯的情怀。汪曾祺讲的都是些普通人的故事，都是些世相百态，所以他的小说里可以说没有一个"高大全"式的人物，也可以说没有一个英雄，都是芸芸众生，都是身边的故旧亲朋，环视一圈，都很眼熟。《受戒》里面的小英子、小和尚以及他们身边的大和尚，都是接地气的普通人。《岁寒三友》里县城的小画家、小商人、小业主，都是我们民间生活里很生动、很可爱的人物。汪曾祺写普通人的情操，写普通人的善良，当然也写普通人的悲悯。他写北京市民生活的《安乐居》，几乎就是当时他自己生活现实的一个植入，几个整天泡在"安乐居"里的酒友，每天都喝一毛三分钱的酒，吃三四毛钱的兔头。然而，不管是看大门的老吕、扛包的老王、传电话的老聂、说话挺"绝"的上海老头，还是风度翩翩的画家、怕媳妇的瘸子、卖白薯的大爷，这些生活在民间最底层的人，都把日常的平凡的生活过得有滋有味。他写的最大的人物，就是老舍先生，写了一个小说名叫《八月骄阳》，老舍最后跳太平湖，他用其他人的视角写老舍先生的彷徨、犹豫，到最后的绝望，冷静地写出了"士可杀不可辱"的君子情怀。

"回到" 的深刻魅力

讲好中国故事，不仅要写中国人的生活、情感、经验，同时还要运用中国的叙事精神。汪曾祺有一句话他反复讲，甚至当作口号来讲,就是"回到现实主义,回到民族主义"。为什么要用"回到"这个词呢?现在仔细想想,他其实是有深意的。

20世纪80年代以来,中国文学受到西方各种各样的文学流派和文学思潮的影响,后来又受拉丁美洲爆炸文学的影响。这对于打开我们的思路、解放我们的思维、开阔我们的视野,起到了很大的促进作用。20世纪80年代的文学辉煌,与改革开放的思想密切相连,与引进外国文学思潮也密不可分。也有个别作家把翻译出来的汉语,当作经典来模仿,在自己的小说中也使用这种翻译体进行写作。

要讲好中国故事,用翻译体是很难讲好的,汪曾祺早期曾经非常迷恋伍尔夫的意识流文体,也模仿写出了《小学校的钟声》这样的准意识流小说。进入新时期之后,在现代主义的热潮中,汪曾祺反而要回归到看上去一点也不时髦的"传统"。汪曾祺认为"中国当代文学和古典文学之间是相当隔膜的",要"打通",他在《西窗雨》中说:"没有外国文学的影响,中国文学不会像现在这个样子,很多作家也许不会成为作家。"又坦言"我写不出卡夫卡的《变形记》那样痛苦的作品,我认为中国也不具备产生那样的作品的条件","没有那么多失落感、孤独感、荒谬感、绝望感",他写的小说、散文传递的都是中国人的情感,表现的都是中华文化的血脉和气质。一向以酷评名震文坛的李建军写了一篇评论对汪曾祺的中国特色赞不绝口:"汪曾祺淹通古今,知悉中外,出而能入,往而能返,最终还是将自己的精神之根，深深地扎在了中国传统文化和中国古典文学的土壤里，使自己成为一个纯粹意义上的中国作家，用真正的汉语，写出了表现中国人特有的情感和气质的作品，形成了具有中国格调的成熟的文学风格和写作模式。"

汪曾祺反复强调语言的重要性。为什么要强调语言的重要性呢？因为文学的根就是语言，你再好的小说故事都是通过语言来表达的，而语言，按照汪曾祺的话说，语言不仅是形式，更是内涵。汪曾祺的小说、散文，确实做到了这一点，就是让语言成为作品的一个有机体。语言不仅仅是一个工具，语言本身也是很有内涵的。汪曾祺就是把我们中华文化的文字美、汉语美通过他的作品充分展示了出来。汪曾祺在谈语言问题的时候，就提出了具体可行的解决办法："我要劝青年作家，趁现在还年轻，多背几篇古文，背几首诗词，熟读一些现代作家的作品。"这自然是肺腑之言，也是甘苦之言。汪曾祺受到读者喜爱的一个重要的原因就是他的语言带着深厚的中国文学的意蕴，尤其把现代汉语和古典文学成功地嫁接，韵味婉转而不落俗套，因为纯用口语没有韵味，用文言写作难免"冬烘气"，汪曾祺扬长避短，其中的经验值得借鉴。

和汪曾祺同时代的一些作家曾经大红大紫，他们故事也讲得很好，观念也很新，但是现在消失了，没人想起来了，出版社也很少再版他们的作品。有些人当时位置很高，文学史评价也很高，但是读者不喜欢，市场不买账，因而慢慢淡出了读者的视野，这说明他的作品跟我们中国人的审美阅读习惯和阅读文化是有隔阂的。汪曾祺的作品在当时并不领风气之先，但由于深厚的中国文化底蕴，尤其文章流淌着汉语自身的优美，又和当代生活密切联系，经久愈醇，厚重耐读。

汪曾祺在当下能够受到这么多读者的喜欢，很重要的原因就是他的作品是得人心、益世道、传精神的。时间过去这么久，大家还是喜欢汪曾祺的作品。我想用收藏界的一句俗语来形容，汪曾祺的文学作品是有"包浆"的，随着时间的推移，他作品的读者越来越多，他的作品越来越有"包浆"。他的作品原来就自带"包浆"，经过多年的淘洗打磨，愈有"包浆"感和"包浆"味。所以他的作品经得起玩味，可以反复读，反复出版，反复欣赏和把玩，而有"包浆"的作品不多，有"包浆"的作家就更少了。

中华民族文化几千年来形成了自己的文学精神和叙事方法，我们不能简单地废弃。近年来一些作品不能受到读者的青睐，一是没有现实感，远离了大众关心的社会生活，二是这些作品没有"中国味"，极个别的作品其实是对西方小说的一种借鉴和模仿，这种借鉴和模仿的最可悲之处，在于这些作家不懂英文，也不懂拉丁文、法文，他们对西方小说主要是借助于翻译家的文体来学习，叫译体小说，因而缺少汉语的美感，缺少真正的中国精神。现在人们重新读到汪曾祺的小说散文，发现原来汉语可以这么优美，白话文也会有唐诗宋词的韵味。汪曾祺的作品在形态上看，是"往回"走的，甚至他还为自己的作品都是怀旧感到"自卑",但现在发现,正是这种"回",才回到了文学的本位,正是这种看上去"逆行"的方式,正带着读者往前走,他写的不是"昨天体",而是"明天体"。这是"回到"的巨大魅力。

从互联网再返纸质阅读

汪曾祺的作品传播得这么广泛,除了作品的温度和可亲度外,我觉得还与互联网的传播功能,同时也与汪家后代不太强烈的版权意识有关。为什么呢?汪曾祺的作品几乎每一篇网上都能搜到,不能说全部,几乎全部。其实这些网站并没有跟汪家签版权协议,也就是说,我们在网上读到的汪曾祺作品,很多是没有获得授权的。为此,我问过汪家的人,为什么不去维权?汪家人不是太在意,他们也没兴趣和精力追责。当代的一些作家包括现代的作家,由于版权因素,在互联网上很难找到,有的甚至没有,影响了他们作品的传播。汪曾祺的作品在网上读起来方便,反而给作品的传播带来好处,比如大学、中学教材里有汪曾祺的作品,学生看了一篇觉得很好,到网上去搜,一搜就能搜到,就会对他的作品感兴趣。互联网对汪曾祺作品的存活和再度传播也是起了促进作用的。一般读者看了几篇网上的,不过瘾,可以买一本来看看,或者买几本书、一套书来看看。当然还有一些读者已经把图书当成一种"文玩",即图书不仅是商品,还可以是艺术品和收藏品,需要把玩和品味、封面啊、用纸啊、开本啊、版式啊、装帧啊等等，读者要"眼见为实"。史航说过一个旧事很有意思，"他（汪曾祺）生前我就见过他一次，书市找他签名，签《榆树村杂记》。我没敢跟他说话。后来我去孔夫子旧书网，找他的签名本，找到北京京剧院的馆藏书，《宋史纪事本末》的三四卷，附带的借书卡有他签名。那也行！"连汪曾祺的借书卡也视为珍贵之物，可见"汪迷"们对有"包浆"作家的热爱程度。

史航只是无数"汪迷"中的一个，汪曾祺作品影响了一大批读者，他们作为"汪迷"推动了汪曾祺热的持续。光高邮文联的公众号"汪迷部落"就拥有五千多的粉丝，高邮城也因为"汪曾祺热"而成为网红打卡地，这些因互联网产生的特定消费群体，也是汪曾祺不断走向更多读者的潜在加热器。

在动乱的年代里，在激情洋溢的革命岁月里，汪曾祺的作品是显得有些"淡"的，他不是重口味。现在大家摆脱了温饱需求的困扰，生活小康或者接近小康了，可以有闲情读书了。如果是在一个战乱的时代，我们需要的还是那种比较高亢的、比较激昂的作品，很难有心情去看他这种散淡的、于细微处见精神的文学作品。汪曾祺这种月光一样柔和、小溪一样清澈的作品才适合我们这个平和的年代，平和的生活不需要为稻粱谋，很难想象饿着肚皮读汪曾祺是一种什么样的感受。

2016年9月2日于润民居

附录

汪曾祺印象小辑

"美食家" 汪曾祺

陆文夫的《美食家》发表之后,招致了不少"麻烦",有人怀疑他便是"美食家",还有人邀请他加入烹饪学会,弄得他几次著文解释说明素材的来源。其实,作家中真正的"美食家"不是陆文夫,而是另一位江苏籍的作家——居住在北京的高邮人汪曾祺。

这是北京作家对汪老的雅称。当然,"美食家"的内涵,已经包含新的意义,是一种诙谐的褒奖。汪曾祺与陆文夫笔下的朱自冶有着质的区别,他不仅谙熟吃经食谱,更主要的是,他是一位烹饪的好手。

汪老善于品尝佳肴美味,也擅长烹调之术,非始于今日,由来久矣。只是在江苏同乡陆文夫的《美食家》发表之后,他才被赋予这一头衔的。这与他平常注重民俗风情的创作宗旨是分不开的。年轻时,汪曾祺走南闯北,由于极爱观察当地的民俗人情、衣食住行,自然会品尝到多地的特色风味,这在他的小说里有所反映。早年的《落魄》里对"绿杨饭店"的描写,充分表明他对饮食行业的熟悉。比较新的小说,有一篇直接以"黄油烙饼"作为题目,《八千岁》写到高邮小吃草炉烧饼、三鲜面,《七里茶坊》里描写到云南酒、昆明食的特色,《异秉》写熏烧,"附近的空气里弥漫着王二家飘出的五香味",这种灵敏的嗅觉,非出自深谙食性的美食家不可。食,同为民俗的一个重要组成部分,以风俗画作家著称的汪曾祺岂能忽视?

这样看来,汪曾祺具有较高的品尝食味的审辨鉴赏力也就很自然了。

1981年,《钟山》在太湖举行笔会,汪曾祺、宗璞等作家应邀参加,为了招待这些风尘仆仆的作家,主人举行了一次宴会。当一盘代表无锡风味的清蒸桂鱼端上桌之后,大家都吃大鱼,而汪老却挑小的。众人不解,问之,汪老笑而不答,要他们拈一块尝尝。一尝,小鱼果然鲜美异常,众人忙问什么道理,汪老说:小的是活的。又问:你怎么知道?答:看吧。真是独具慧眼。大家尚在寻究奥秘所在,而聪敏的宗璞则看出了诀窍,她看汪老的筷子行事,汪老吃什么,她就拈什么,果然味道均佳。以后每逢宴会,宗璞总是坐在汪老的旁边,既听到了津津有味的食经,又不会滑过一项美味。

如果把汪曾祺当作一位只精通吃经的吃客,那就大错特错了。他之为北京作家们钦佩,是他那精湛的烹饪手艺。长期的观察、品尝,既培养了他很高的胃口,也锻炼了他的铲子。汪老的家乡高邮,对饮食颇为考究,平常人家也能做几道风味菜,汪曾祺长于烹调,也就一点不奇怪了。一个星期天,邓友梅、林斤澜等登门到汪家,作家们主动提出要"检验检验"汪曾祺的手艺如何。为了满足老朋友的要求,汪老"洗手做羹汤",亲自到厨房操起铲子为他们做了几道菜。席间,邓友梅、林斤澜对桌上色、形、味俱佳的菜夸赞不已,称他做的菜与他的小说一样,是"高味"。邓友梅、林斤澜因饱了口福而洋洋得意,到处宣扬这次家宴,很快"汪曾祺是美食家"的消息便在北京作家中迅速传开了。消息灵通的李陀还向外地的作家、评论家绘声绘色地讲述这件事。女作家张洁为了能够品尝"汪美食家"的杰作,特地邀请汪老到她家去做一桌菜,价格勿论。一时汪曾祺的烹饪手艺在北京文学界以至出版界、饮食界成为美谈,竟然有一家出版社约请汪曾祺撰写一本菜谱,有的烹饪学会邀请他担任顾问。

今年四月初,我们到汪老家拜访时,谈到上述趣事之后,汪老哈哈大笑,并说,他的业余生活非常丰富,写小说、写散文、写诗、画国画、练书法,烹调只是业余爱好之一(他的工作是写京剧剧本)。我们又询问他,那一天招待邓友梅、林斤澜烧的什么菜,汪老说:"还不是我们的家乡菜,平常得很,冰糖扒蹄，雪花豆腐，煮干丝……"哦，地道的扬州特色、高邮风味，就像他的《异秉》《大淖记事》《受戒》一样。汪老又说："做菜要有原料，他们来的那一天，我家里正巧有，要不，可就要露了馅哪！就像写小说一样……"

发表于 1985 年 6 月《周末》（南京）

汪曾祺印象记

我第一次读汪曾祺发表在《雨花》上的《异秉》时,老觉得他写的王二就是我的祖父,很像。我祖父人称王五,不是卖熏烧,是开蛋行的。那时,我记住了"汪曾祺"和"王二"这两个名字。

那不是第一次读汪曾祺的小说。最早读他的小说,是"文化大革命"期间,我小学毕业的时候,暑假在外婆家,从四舅的抽屉里翻到一本旧《人民文学》,上面有一篇小说《王全》,很耐看,至今印象很深。"文革"以后,这本杂志被我带到高邮师范,时常在课余翻阅,爱不释手。但当时并没有记住"汪曾祺"这个名字,只记住了王全。

汪曾祺先生是我的长辈,又是我的启蒙导师;在文学上,他使我感到惊异,又使我感到神奇。我老是想在小说中把握他的形象，又老是把不太准，老是不能与印象中的人物吻合，总有那么一截子距离。我必须写出我的印象来。尤其是他这一次回乡之后，我更应写，也觉得更好写了。

我与汪曾祺先生见过四次面。北京两次，高邮两次。不算熟悉，也不算很生疏。这时候往往容易贮存一些最新鲜的直感。太熟了，反而会没觉着什么。

第一次在高邮的百花书场。现在说书没人听了，放录像。当时我在高邮工作。因为景慕汪曾祺的小说，一段时间我竟能整段整段地说出来。我爱人特地打长途电话告诉我：回乡后的汪曾祺要做学术报告，我便从百里之外的兴化坐了四个小时的轮船和一百分钟的汽车赶到高邮。已是下午两点半了，匆匆进入会场。还好，报告还未开始。不一会，汪先生由陆建华同志陪同，上了讲台。我远远觉得他满面红光，精气神儿十足，滔滔不绝讲了两个小时，谈到自己的小说，也谈鲁迅、沈从文、孙犁、艾略特、契诃夫、舒婷。我几乎是将他的话"吃"了下去，笔记本上密密麻麻，汪先生谈兴未足，只恨天色已晚，只得抱憾归去。

那是1981年秋。他谈的不是文学外部的东西，而都是些关于艺术本体、内部结构方面的见解，尤其他对语言的阐释颇为深刻。不少人在谈论文学本体以外的部分都津津有味，头头是道，可一进入艺术内部结构便泛泛地一带而过，而汪先生却能深下去，很难得。在今天，仍然很难得。

1982年,《鉴赏家》发表在《北京文学》,我和同学费振钟、陆晓声看过后极为欣赏,感觉特别好,就写了一篇万言文章专论《鉴赏家》,后来索性扩展开去,写成了《论汪曾祺短篇小说的艺术风格》一文,发表在《文学评论丛刊》25辑上,这是我们第一次写评论文章,也是第一次发表评论。

1983年10月,我出差到北京。我想借机去拜访一下汪老先生,但打电话到他的工作单位北京京剧院,那接电话的人答道:"谁呀?汪曾祺?我们团里没这个人。作家?写小说的?没有。肯定没有。"很扫兴。我望着窗外越卷越大的风沙,叹了一口气,心想:北京真大,也真小。居然有人不知道汪曾祺。

1984年,我将模仿汪曾祺的一篇小说请陆建华同志转寄给他,请他看看,提些意见。说实在的,这篇小说我写好已有好长时间,但实在没有勇气拿出来。谁知汪先生认真地看过了,像老师批改作文一样,有眉批,也有总批,连错别字也一一改了出来,并提出了一些建设性的意见。我接到之后,又是羞惭,又是感动。在他的激励之下,我根据他的意见,又重新结构了小说,将小说寄给了《安徽文学》。这家刊物的同志一眼便看出"汪味"来,发在当年的第10期,题目便是《除夕,初一》。今年汪先生回到高邮时,知道后,很高兴。这是一篇有关我祖父的小说。

第二次见面,才是真正地见到"面",在北京,他家里。那时我和金实秋、费振钟同志去北京参加文学评论进修班学习,都有一个共同的愿望,代表故乡人去看望他。那几天,他很疲倦,刚刚为《光明日报》赶写好一篇评阿城小说的文章《人之所以为人》,心脏也有些不舒适。"医生说,酒也不能喝了。"语气饱含惋惜。

第三次见面,仍在北京,仍在他家里。第二次见面后的第十天。这一次他精神很好,刚在家里写过字,又似1981年做报告的样子。我们三人与他闲聊,谈他的小说,谈他的字画,谈他的"美食家"趣闻。他谈他的书法,谈北京有一家出版社居然请他撰写一本菜谱的趣闻,谈台湾有同胞说他发表在《文艺复兴》(郑振铎、李健吾主编)的《小学校的钟声》是中国最早的意识流小说;谈他的小说构思,说到精彩处,就孩童似的念了起来:"丁零零,丁零零,你妈妈是个螺蛳精!"(当时他正写小说《螺蛳姑娘》)。他从书橱顶上拿下一大撂字画,向我们介绍解说,我们也谈中国书画艺术对他小说结构的影响,他点头称是。我看到一幅他的画,构图极为古怪:两枝光秃秃的枯干,缀几点梅花骨朵儿,极为简洁,很有韵味,我一下子想到他刚发表的小说,说"这是《日规》的结构",他很得意。事后,他将这幅国画送给了我。

今年十月下旬,汪先生应江苏省作协邀请来南京、扬州讲写作。途中，特抽空回高邮一趟。那天晚上，他微醺中，紧紧抓住我和费振钟的手，半晌，才说出一句谐语："高邮有你俩，我可以走了！"

真是个老小孩！我将这感觉告诉他。

嘿嘿。他笑了："张辛欣叫我是老顽童！还没大没小称呼我哥们儿。"

在上海，他称黄蓓佳"乡兄"。

趁着他应酬客人的空闲，我们几个便和他闲聊起来，从北京到高邮，从南京到南斯拉夫，从林斤澜、何立伟、徐晓鹤，谈到"寻根"，谈到"文化"，谈到"走向世界"，他时有与众不同的见解，他一会朗声欢笑，一会又窃窃私语。他突然附上我的耳旁："我最近发现，咸菜也有'根'。"他用食指在左手手心比画着："醢，这是酱菜；菹，这是酸菜……"他连训带诂，井井有条。我说："你现在被奉为'寻根'的最早领袖了，一个老头带一帮小伙子，真有趣。"

"寻根是需要的，我只寻到了昨天，他们越寻越远，都寻到前天、大前天，一直寻到盘古那儿哪！"

我又问："你十九岁离开高邮，到很多地方生活过，上海、四川、云南、北京、张家口、内蒙古，这些地方的地域文化为你写小说是不是提供了较多的参考系统？"

"是的。俗话说，身在山中不识宝，愈是远离家乡，对家乡似乎愈是理解。要写出乡土性的民族的小说，封闭于一地一城是写不好的。我离开高邮后，愈觉出高邮话的特别之处，虽然现在已经说不熟练了，但写起来却很管用。"

"我最近到国外去了一趟，似乎对中国的了解、理解深了一些。鲁迅说，愈是地方的，愈是民族的，也是世界的。这句话有道理。最近，高行健陪一个法国汉学家到我家里来，中午我做了几个家常菜招待他俩，这位汉学家连声称好。"

"几样什么菜？"我颇有兴致。

"那是糊洋人的。在高邮，根本拿不出手。煮毛豆，汪豆腐，三鲜汤……那汉学家起初连毛豆壳都吞了下去，还得我教给他怎么吃法，嘿嘿。"

他开心地笑了。

煮毛豆，是高邮的"特产"。所谓"毛豆"，即未成熟的黄豆，或叫"青黄豆"，这"毛"即未成熟的意思，如"毛头小伙子"。煮毛豆的做法极其简单：将毛豆先用剪刀剪去两个角，然后放入锅中，加些水，放些盐，其他什么作料也不要，只要掌握好火候即可。短了，豆生；过了，色黄，味次。然后盛上，雪白的盘子，碧绿的豆荚鼓鼓地凸起，十分的盈目，吃在嘴里，异常鲜嫩，有一股淡淡的来自大自然的清香。那味道有点像汪曾祺的小说。

今年九月，我在北京参加"新时期文学十年学术讨论会"，一次与李陀同车，一前一后我们便谈起了汪曾祺先生的小说。我与李陀本不相识，但因为汪曾祺小说的缘故，话便投机起来。我说，县文联准备在高邮召开一次汪曾祺小说艺术讨论会。李陀竟感动地说："多有意义，在他的家乡开这样的会。"

我嘱咐李陀，假如能开成的话，一定要来。李陀答应了。我期望这一天的到来。

(1986年写于高邮)

"晚饭花""野茉莉"
——夫子自喻

火腿笋片汤　"老头子"　荷塘写月

这一次见到汪曾祺先生非常开心，老头子知道我来，事先就炖好了火腿笋片汤。为这火腿汤，老头子跑了几家店才买到这金华火腿，他家里的云南火腿很香但有些走油了。老头子是北京城里的著名美食家，许多汉学家常以品尝到老头子的手艺为荣。老头子看到家乡来的人总忘不了"炫耀"一下他的一技之长。

最初，我们称汪曾祺为汪老，后来又觉得太一般化，改称汪老为"汪先生"。"先生"的称呼大陆与港台的内涵不大一样，在港台，"先生"大约等同于大陆的"同志"或"师傅"，而大陆，"先生"往往是指那些德高望重、学识渊博的长者。

只是近几年来大陆的"先生"也贬值了,与港台的"先生"相差无几了。现在则干脆称"汪先生"为"老头子"了,这是他们家人的叫法,我们叫惯了也挺亲切自然的。

饭前,老头子得意扬扬地请我欣赏他的国画新作,他夫人施松卿说:"这是老头子最得意的作品。"老头子家里几乎不挂字画,只有张大千的一幅油画,也是带有小品味道的,与他个人的审美理想极为吻合。老头子平常画画多半为了娱兴,画完了就叠在书橱顶上,有朋友来索,便挑一两幅题款送上。这一次老头子不但没有扔到书橱顶上,反而请人裱糊好,端端正正地挂在客厅里,可见其喜爱的程度。这幅画名"荷塘月色",用了现代散文名家朱自清的旧题,但构想奇绝,用墨古怪。题为荷塘月色,但画面上只有密密麻麻的荷叶,并没有出现月亮,但那些摇曳的荷叶又让人真切地感到月光的存在。这种构想可谓深得中国传统美学的精髓。宋代皇家画院"招聘"画士,命题为"踏花归来马蹄香",很多画家都在马蹄上画了很多花瓣,唯有一位画家独辟蹊径,荣获"状元",他没有画马蹄上的花瓣,却画了一只小小的蝴蝶去追逐急速奔驰的马蹄,奇妙的构思让这位画家一举夺魁。近人齐白石也有类似的杰作,在一幅题为"蛙声十里出山泉"的国画中,齐白石在一汪山涧里点缀一队小蝌蚪,意境全出。汪曾祺的这幅画虽全副笔墨在画荷,但意在写月,你能感受到一轮皓月当空,水银似的光辉浸润着这风姿绰约的荷塘。这是一幅纯粹的水墨画,但水墨画往往透过用墨来表现事物的意态与层次感,可汪曾祺在这幅画里居然平均用墨,而且用的是淡墨,没有强烈的层次感,更没有深度感,完全平面化了。拆除深度模式、建立平面的叙述模态本是"后现代"的文化风尚,可作为中国"最后一个士大夫"怎么也如此"新潮"呢?不是汪曾祺故意追效"新潮",而是出于老先生的美学追求,他的小说、散文都努力表现一种"和谐"的美学境界,而这种取消层次感以抹平事物的"反差"的平面化做法正是为得一种"和谐"。

我把上述想法讲了以后,汪老夫妇都开心地笑了。

不出一次早操而肄业　裤子后面两个大洞　心里早把帽子摘了

汪曾祺出身书香门第,是古城高邮自秦少游、王念孙、王引之以后出现的又一个文化名人。汪曾祺19岁离开家乡,到1981年60岁时才回到他魂牵梦萦的故乡。少年时就读于江苏省江阴南菁中学,后就读于西南联合大学中文系,是著名作家沈从文的学生。现离休住北京蒲黄榆。

有一次我去汪家与两个老人聊天,汪夫人施松卿先生揭起了老先生的"短",说汪曾祺在西南联大没有毕业,只有一张肄业证书。我当时好生奇怪,这么聪慧的人怎么会不毕业呢?原来事情是这样的:汪曾祺好静不好动,平常很少参加体育活动,上了四年大学,居然没有出过一次早操,体育自然也就不及格，当时正在抗战时期，国家对大学生的身体素质要求极高，体育不及格只能肄业，肄业就肄业罢，汪曾祺也不在乎，肄业并不影响写小说，也不影响找工作。我问他为什么不出早操，老头子说我这个人喜欢睡懒觉，早上起不来，另外出早操我没有运动裤，我的裤子屁股后面有两个洞。哈哈哈哈。

虽然汪曾祺与世无争，淡泊人生，可1957年的"反右"仍然把他划定为"右派"，从北京发配到张家口外的农科所接受"改造"。汪曾祺因什么"罪"名被定为"右派"，我已经不知晓，他自己也可能忘记了，但他在谈起"平反"一事时非常气愤："我可不要什么人给我'平反'，我心里早就把这顶帽子摘了，我自己是什么人，我心里有数。"

《沙家浜》编剧　大胆描写市井民俗　寻找缝隙张扬艺术个性

很多人都喜欢京剧《沙家浜》，很多人都知道京剧演员洪雪飞，很多人都知道阿庆嫂，但很少有人知道《沙家浜》的编剧是谁。汪曾祺也不在乎人家知道不知道。因为这部"样板戏"，汪曾祺曾经登上天安门城楼，也因为这部"样板戏"，汪曾祺被审查"说清楚"了一段时间，后来发现他没有写过效忠信，也没有干过卖身投靠的勾当，更没有以"样板戏"的名义去整人批人，只是一个普通的编剧而已。

说实在的，在八个"样板戏"中，《沙家浜》是最难体现"江青反革命集团"的文艺思想的，比如"三突出"，原来《芦荡火种》里阿庆嫂的戏比郭建光重，后来改成《沙家浜》让郭建光成为第一人物，可人们印象最深的还是春来茶馆的老板娘阿庆嫂，特别是《智斗》这场戏可以说是现代京剧的经典之作。再一个就是《沙家浜》是"八大样板戏"中唯一让英雄人物有情有欲有家属的。《红灯记》《智取威虎山》《奇袭白虎团》《海港》《红色娘子军》等戏中的英雄人物全没有丈夫或妻子，全不食人间烟火。《沙家浜》是一个例外，阿庆嫂连自己的名字都没有出现，是用的丈夫名字加一个"嫂"字来称呼。而且在戏里公然出现"阿庆呢？"这样的台词，以表明阿庆嫂的丈夫存在，不像其他的样板戏避而不提。还有，胡传魁与阿庆嫂之间的关系也是颇耐人寻味的，刁德一对阿庆嫂的提防与探寻心理，除了特有的政治性因素以外，还隐含着对他人隐私的窥探本能，胡传魁的报恩之心与阿庆嫂的救命之恩隐藏着感情的波澜，而这种感情波澜又与男女之情难以划开明显的界限，刁德一阴阳怪气的试探性询问一方面是出于职业性的需要，更大程度上是源于他那有些变态的性戒备心理。在《沙家浜》里，胡传魁固然是草包的角色，但总是作为一个男人存在，而刁德一虽然精明细心，但他在《智斗》一场中表现出的是窥淫欲、吃醋劲、小心眼。《智斗》这场戏之所以精彩，除了因为具有明确的意识形态意味外，它还具备某些性心理内涵。

《沙家浜》还透现着浓郁的地域文化色彩，这种地域文化色彩不仅呈现为鲜明的江南水乡的风情，还在于大胆地描写民俗并把民俗作为整个故事的有机组成部分。《沙家浜》在"八大样板戏"中是一个不和谐的音符，虽然努力强化它的革命色彩，但怎么也不能消除它渗透到骨子里的市井文化气息。为塑造郭建光而增加的几场戏是乏味的、概念化的，而阿庆嫂仅有的两场戏都极富情趣，而这种情趣都与市井文化分不开。在《沙家浜》里，春来茶馆则是作为这种市井文化的象征，因而茶馆老是抢芦荡（芦荡是意识形态、政治的象征）的戏，郭建光老是被阿庆嫂淡化。《沙家浜》最后，郭建光带领伤愈的新四军战士全歼胡传魁部队又是一出充满市井文化气息的喜剧，郭建光和阿庆嫂选择的时机正是胡传魁张灯结彩结婚的喜庆日子，这多少淡化了这场阶级斗争的庄严性和深刻性。而那位"常熟城里的美人"的到来则意味着阿庆嫂的"失宠"，郭建光对沙家浜的重新占领则意味着两个男人之争的天平倾斜到郭建光这一边来。《沙家浜》整出戏竭力回避郭建光与阿庆嫂的会面，可奔袭的胜利意味着郭建光将胡传魁取而代之成为春来茶馆的第一号主人，军民鱼水情深的佳话继续传颂了下去。

从《沙家浜》中，可见汪曾祺在文网严密的时代里仍努力寻找缝隙，张扬他自己的艺术个性。事实上，他对市井文化的谙熟在后来的小说创作尤其是高邮系列小说里发挥得更加淋漓尽致，《受戒》《大淖记事》等都或多或少可以见到阿庆嫂或胡传魁的影子。汪曾祺对《沙家浜》比较满意的是台词,"垒起七星灶,铜壶煮三江",这在任何时候都有独特的语言魅力。

年近六旬的"青年作家"　　小说可以这样写?
晚饭花和野茉莉

汪曾祺的成名并不是因为《沙家浜》,而是因为他的小说和散文。《沙家浜》固然有很多耐人咀嚼之处,但并不是个人的完整作品,他的艺术个性不得不屈从于当时政治的指挥棒。汪曾祺最终出现在新时期文坛时是被当作"青年作家"看待的,虽然他当时已年近六旬,虽然他在 20 世纪 40 年代初就在郑振铎主编的《文艺复兴》上发表了短篇小说《小学校的钟声》,虽然 1979 年出版的《建国以来短篇小说选》收有他的《羊舍一夕》,可人们并不知道有一个汪曾祺。

他的《受戒》《异秉》《大淖记事》发表以后,人们大吃一惊:小说还可以这么写?!

汪曾祺微笑着:小说可以这么写。

从那时起,在文坛就悄悄掀起一股"汪曾祺热",到近几年仍在升温。

有人能大段大段地背诵他小说的文字;

有人用毛笔把他的小说抄了一遍又一遍;

去年一年他就出版了六本书。

这六本书都不是他新写的,而是他的作品被各个出版社按照各个"题目"选取集辑出版。他的写作产量并不高,他的写作也没有太多的计划,出版的书中相互之间有不少篇幅是重复的,可每本书的销路都异常好。他在作家出版社出版的散文集《蒲桥集》已经印了第四版,可书市上还是看不到。

这是老头子没有想到的。

这也是很多小说家没有想到的。

评论家也没有想到。

出版商也没有想到。

汪曾祺自在西南联大师从沈从文先生四十余年来一直默默无闻,想不到"黄昏时节"竟会成为文坛经久不衰的一个"热门话题",他将自己的小说集命名《晚饭花集》,将自己的文论集定名《晚翠文谈》,并专门写过一篇题为《晚饭花》的小说。他在小说前为晚饭花做了这样的注释:

晚饭花就是野茉莉。因为是黄昏时开花,晚饭前后开得最为热闹,故又名晚饭花。

这颇有些夫子自喻的味道,但极耐人寻思。一个"野"字,一个"晚"字,将汪曾祺摒开主流文化之外,所以他不止一次地说,我的小说是发不了头条的,可"野"并不见得比"正宗""正规"缺少魅力,而"晚"更不意味着比"早"缺少生命力，他作品的文化底蕴、艺术气韵都标志着一个时代的终结——后无来者了。

所以人们更加喜欢他，更加珍视他，这有点像人类对待大熊猫的感情。

老头子开心时能多喝两盅，他有一阵心脏不太好，医生建议他不喝酒或少喝酒，家人对他实行酒禁，可后来发现禁不住。他经常偷偷地在小酒馆里喝上几盅，而出门开会则更加"肆无忌惮"了。鹤发童颜、眉目慈善的施松卿夫人送我下电梯时说："不禁了，不禁了。"

老头子笑了，天真无邪地笑了，我转身猛然发现，七十多岁的汪曾祺的眼睛居然清纯明亮，满是稚气，像个七八岁的孩童。

(写于1993年)

赤子其人　赤子其文

初夏的南京,已有一些晚饭花开了,这些零零星星的开放的晚饭花,并不灿烂,也不茂盛,散发着时浓时淡的馨香,使城市行人蓦然发现,黄昏已降临。

悠然开放的晚饭花让我想起了汪曾祺先生。

在汪先生辞世后的日子里,我翻阅汪先生的文章、字画和照片,读着他的友人、学生、老乡思念他的文章,每一篇都写得真挚而质朴,我几次想写些追念他的文字,几次落不下笔,不是悲痛,而是不信,不信这么一个人就这么若无其事地走了。

看到他若无其事地躺在八宝山悼念厅的鲜花丛中,面色如常,自然、宁静,我还是忍不住流泪了。

他活着的时候,也许不觉得这世界多些什么,可他走了以后,你会觉得这世界这文坛有那么大的空缺。

空得人心"荒"。

我和汪先生的第一次交往是在十一年前的高邮。当时我写过一些评论文字,汪先生回乡探亲,听了介绍之后,和我、小费两人开玩笑说:"高邮有了你们俩,我可以走了。"如今,我们俩离开了高邮,而汪先生也真的走了。我想到了十多年前那句话,悲凉如水,我不明白他当时怎会想到"走"这样的生死之念。

这话是有些不太吉利的,在一段时间内我一直为汪先生担心,到后来,发现他活得健康愉快,并无什么不适,也就渐渐忘了。待汪先生去世的消息传来后,我立即想到了他十一年前的那一句话。

汪先生出生于1920年3月5日,是农历正月十五,元宵节,汪先生的家乡叫作灯节。汪先生的姓名与他的生日没有太多的联系,但他在给后代起名字时,却都用上"月"字,他的三个儿女汪朗、汪明、汪朝的名字都拥有一个月字,可见老人对"月"字的偏爱和惦念。汪先生的文章也如夜晚的月光,平淡、清澈、柔和,"初读似水,再读似酒"。

我最早惊异于汪先生文字的不是小说,而是散文,是他的《葡萄月令》。他用"月令"这种中国最古老的文体来描述葡萄的生长过程,全文写得一片透明,几乎没有人间的烟火气。我看到已过六十的汪曾祺和大自然融为一体,他时而化为葡萄,葡萄时而化为他：

> 一月，下大雪。
>
> 雪静静地下着。果园一片白。听不到一点声音。
>
> 葡萄睡在铺着白雪的窖里。

全是白描，甚至句式都是最简单的主谓结构，而且是删除了多余修饰的主谓结构，都有点接近我们上语法课时划分句子成分"剩下"的主干，可它的意蕴像一潭清澈见底的山泉，又像是如水的月色，于一片空明之中显现出赤子之纯。

汪先生的文章几乎都是像《葡萄月令》这般明净、纯真，无论是《受戒》还是《大淖记事》，都在表达他"思无邪"的人文理想。他去年写的《小嬢嬢》，描写了一种罕见的爱情，只有具有一颗赤子之心的人才能写得那么凄婉优美，写得那么坦荡真诚。

当时我读了汪先生这篇小说之后，就兴奋地打电话向文友推荐，这些朋友读完了汪老的这篇小说之后，都说好，说没想到快八十岁的人了，心态还像十八岁似的。朱文说，读这篇小说，感到汪老比我还年轻。记得汪先生的小女儿汪朝曾很认真地问过汪先生：爸爸，你还能再写一篇《小嬢嬢》吗？他想了想，摇摇头，说，不能。其实，这篇《小嬢嬢》就是90年代的《受戒》，因而被很多的专家学者推荐为1996年的最佳短篇之一。我曾跟汪先生谈过这篇小说，说这是您90年代的《受戒》，汪先生说这个故事是有生活原型的，我一直想写这个爱情故事，现在终于写出来了。汪先生又说这篇小说若名声大了，会惹一些道德批评家们恼火，来批判的。他们这些人不懂审美，你还没办法和他们理论。我知道汪老的担心不是没有由头的，但还是乐观地说，不会的，不会的。

这一次谈话是我和汪先生的最后一次交谈。那天，我在文采阁参加完黄蓓佳的儿童文学作品讨论会，等吃完晚饭赶到他那里，已是十点钟了。汪先生知道我好酒，每次到他家都会喝一些。我看他脸色微红，说好，剩下的我包干。每次都是这样，他做完菜，喝两杯，然后劝我喝酒吃菜，他在一旁看着，似乎那桌上的菜不仅是他的作品，连我在内也成了他作品的一部分。这个时候，汪先生还要讲述那道菜的味道是按照什么菜系做的，应该用什么样的原料，他又如何用其他原料代替的。那天，他说今天这个菜是中午做的，有个法国人要吃正宗北京风味豆汁（豆渣），我做了改进，加了一点羊油和毛豆熬的，挺下酒。我尝了一口，果然。问道：这是老北京的吃法？汪先生说，豆汁这东西特吸油，猪油多了又腻味，而我家里的羊油根本派不上用场，羊油鲜而不腻，熬豆汁正合味。他说"合味"的"合"字发的是高邮乡音 ge。这豆汁果然下酒，汪先生看我吃喝得香，又喝了一杯。我们边喝边聊，快凌晨一点钟了，我赶紧告辞。他将我送到电梯口，说，下次到北京再来喝吧。没想到,这竟成了诀别。

这些日子,我回想与汪先生的交往,印象最深的居然是吃。我第一次吃的"山珍"是第一次到汪先生家去吃到的,我认为那或许是天下第一美味。那一天,他装了一小碟子鸡㙡,说这是云南的朋友带来的。我第一口没吃出味道来,他说,你仔细嚼。再吃第二口时,我说叫什么。他说,鸡㙡,一种菌类。我当时并不知这两个字怎么写,问过好多人都不知道怎么写,后来在他的散文里看到了,感到非常的亲切。以后到了云南,有人问我最喜欢吃什么,我说鸡㙡,每餐必点,临走时,还带两瓶油煎鸡㙡回家慢慢吃。有很多人在我家里吃过鸡㙡,他们都觉得好吃。

1988年的端午节,好像是个星期天。我那时被借调到《文艺报》工作,那一天去看望汪先生夫妇。刚坐下,汪先生想起了什么似的,说,今天是端午节,在家乡要吃"五红"(五个菜必须都是红颜色,据说是为了避邪)。就开始忙碌午饭。汪先生做饭从买菜到拣菜都是自己亲手去做,不要人帮忙,起初我还有点不好意思,后来汪夫人施松卿说,他一直这样,他喜欢做。别人买的菜拣的菜他用不惯。他后来自己在文章里也说过,做菜就得从买菜开始,这是一个完整的构思。那一天,施阿姨饶有兴趣地看高邮人吃"五红",她数来数去,只有四红,说:老头子,还少一红呢。汪先生将前一天做好的茶鸡蛋端出,说,这儿。我们都乐了,汪先生那一天还说了家

263

乡端午节的风俗，问现在是否还那样，我说乡村"节"的氛围更浓一些，"五红"都少不了。

都说汪先生是美食家，会做菜，也有遗憾的时候。有一次，我到他家吃饭，他做了一盘清炒茭白，汪夫人很奇怪，吃了一口，问他：茭白怎么这么做？他说做给王干吃的，这是高邮做法。问我味道怎么样，我说跟高邮的不一样。汪先生自己吃了一口，很认真地问我是不是做得不好，我说没有高邮的脆，有点干。他若有所思，自言自语，这原料不一样，做出的味道当然不一样，北方的茭白不如南方的水分多，不嫩。看着他如此认真琢磨，我就明白他怎会有那么一手绝活。有一次在他家吃他做的泡菜，很好吃，他就用放果珍的瓶子给我装了一瓶，带回南京吃。

汪先生最爱吃的是醉蟹。他在《四方食事》中写道："我以为醉蟹是天下第一美味。"他吃醉蟹真有点"惜蟹如金"的味道。每次来了客人，都只取一只，用刀切成小块，并指点客人慢慢地品。家乡有人送我一两坛醉蟹，我每年都把醉蟹送给汪先生。有一年春节过了好长时间，我担心醉蟹变味，就托路过南京的北大研究生捎给他。因为这同学是坐火车回北京的，我担心车厢太热会让醉蟹变味。第二天，我打电话问他，他说没有送来，语气里颇有些失望。又过了几天，我再问变味没有，他说很好，今天中午有两个韩国客人，我请他们吃了一只，好吃。最后见他那天，我带了一瓶醉蟹给他，他说怎么不是坛子的,我说这是新包装,他竟像孩子见到新玩具一样高兴,哦,是新包装。并问我怎么贮放,我说一般保鲜期四个月,在冰箱能放半年。他当即放到冰箱里。不知道他尝了没有。因为后来他就出差了,再后来就住院了,再也没回家。

汪先生有时候也常露出孩稚之气,1988年的一个星期天,我到他家玩,那天他的儿女孙女全过来了,人很多,家里有点热,吃饭的时候,他的大儿子汪朗说,爸爸家里要添置一台电扇了,汪先生说,不要。午饭后,我和他在那个小房间里聊天。他说,我一直觉得电风扇这种东西很可笑,风怎么可以用电吹出来,我连扇子都不用,只吹自然风,心定自然凉。他家里没有装空调,也没有电风扇。几年以后,他到南京开城市文学讨论会,住在状元楼酒店,天气很热,没有空调是很难受的。我又提起几年前那个话题,他笑了,说,现在也习惯了。不过老在空调房里蹲着容易生病。

汪先生就是这样一个赤诚之人,虽然有自己的立场,但并不偏执。去年,因为他的文集收入《沙家浜》时,漏写了根据《芦荡火种》改编的内容。文牧的遗孀要跟他打官司,他当时很恼火,怎么莫名其妙地当上被告了呢?待后来弄清这是历史造成的,就以大家的雅量主动承认了这一不该有的误会。虽然原告并没有撤诉,可汪先生的坦诚和率真获得了众人的认可。

1996年底、1997年初的"马桥"风波也将老先生卷了进去,当时11个作家签名要求中国作协仲裁此事,签名的名单中有汪先生，人们有些不解。可后来，有记者采访汪先生时，他坦率地讲了事情的原委："《马桥词典》我没看过，《哈扎尔辞典》我也没有看过，签名是北京作家何志云拿过来的，问我签不签，我对史铁生印象很好，他是一个正派稳重的人，所以史铁生签了后，附带签了名。在这一点上，我不够慎重。"

他就是这么一个明澈的人。

5月28日那一天，在八宝山见到王蒙先生，他说，没想到有这么多的外地作家来。汪老的人缘好。

在高邮生活的那些日子里，我晚上经常一个人散步到汪先生少年时代生活过的草巷口，有时一直走到大淖河边。当时小城还保留着很多旧的格局，我在灯火朦胧的夜色中，猜想汪先生当年生活的种种情境，很想把自己也融进去。有一次在他的故居门前，竟痴痴地待到半夜。直到路过的人以疑惑的眼光盯着我，我才赶紧离开。

当时他的故居是城镇的一家爆竹厂。

有一股奇异的硝香气息在空气中荡漾。

（写于1997年）

汪氏父子之美食

汪朗的书,让我写序,颇感意外。

汪朗是汪曾祺先生的大公子,资深媒体人,烧一勺子好菜,写一手好散文。

和汪朗的交往要一直追叙到 25 年前。那时候汪曾祺老先生住在蒲黄榆,我被借调到《文艺报》工作,因为孤单,周末节假日隔三岔五地到老头家蹭饭。蹭饭是一个原因,更重要的是,汪曾祺先生是我们这一代人的偶像,当时没有"粉丝"这个词,我是汪先生的追随者、模仿者、研究者。能和自己的偶像一起进餐,是粉丝最幸福的事了,精神上的享受也是最高级别的。

汪曾祺在文坛的美食大名,跟他的厨艺有关。据汪朗统计,除了汪先生的家人,我是尝汪先生的厨艺最多的人。因为吃多了，总结老头的美食经，大约有三：一是量小，汪先生请人吃饭，菜的品种很少，但很精，不凑合。量也不多，基本够吃，或不够吃。这和他的作品相似，精练，味儿却不一般。二是杂，这可能与汪先生的阅历有关，年轻时国家动荡四处漂流，口味自然杂了，不像很多的江浙作家只爱淮扬菜。我第一次吃鸡㙡，就是1986年在他家里，炸酱面拌油鸡㙡，味道仙绝。直到现在，我拿云南这种独特菌类招待人，很多北京人、很多作家不知鸡㙡为何物。三是爱尝试，他喜欢做一些新花样的菜，比如临终前十几天，他用剩余的羊油烧麻豆腐招待我，说：合（高邮方言，ge）味，下酒。

因为周末汪朗带媳妇孩子看老爷子，我和汪朗就认识了。汪朗一来，汪先生就不下厨了，说：汪朗会做。老头便和我海阔天空地聊天，当然我开始是聆听，时间长了，也话多起来。汪朗则在厨房里忙这忙那，到十二点就吆喝一声：开饭了。汪朗做的饭菜好像量要大一些，我也更敢下筷子些，味道更北京家常，不像老头那么爱尝试新鲜。

老头走了，我们都很难受。

之后看到了汪朗怀念父亲的文字，不禁惊喜，文字的美感也会遗传吗？又看到他谈美食的文章，就更加亲切了，因为我也写写关于吃喝的文章，但基本是借题发挥，和他的"食本主义"比起来，我像个外行，以致他发现我文章的常识错误——

将麻豆腐误作豆汁儿，十几年前，我曾在文章里写到汪先生用羊油做豆汁儿，去年汪朗忍不住说，豆汁儿从来不进他们家的门。至于对吃的历史渊源和掌故，他更是如数家珍，信手拈来，当代文人，鲜有其格。

他也有不及的时候，有一次我说到汪先生送我朝鲜泡菜的事，他很惊讶，他不知道老头儿居然还会做泡菜，他自己都没有尝过，我就更加得意了，老头儿用的是当时流行的果珍瓶子，我至今记得很清楚。记得老头儿很得意，说泡菜可以这么做。不知道老头在泡菜里面加些什么，汪先生说了，我当时没记住，也没吃出来。

我到北京十余年，与汪朗的往来也慢慢勤了些，时不时地还在一起切磋下食经，他的嘴巴很刁，我推荐的饭店他总能品出其中的最好味道。我写的一些小文，他时不时鼓励一下。前不久，他电话邀我吃北京的卤煮，我说好啊，那家位于蒋宅口的老北京风味确实地道，我们几人咀嚼出卤煮的结实和韧劲。那一天他从家里拿来茅台酒，酒过半巡，他说出原委：我的书重版，你写个序吧。哈哈，原来是鸿门宴。我们都乐了，其实还是想找个理由在一起喝酒聊天。那天喝得很高兴，手拉手兄弟般的。

汪家的人厚道，实在。汪朗显得更为宽厚，我一直视他为兄长，但他的一次举动却让我意外。2011年5月，我女儿结

269

婚,汪朗自然要作为座上宾。宴毕,众人散去,发现汪朗还在电梯口,我说你还没走啊,他说,我帮你送客人呢。我说,都走了。他说,我得等他们都走了,我才走。我虽然比你大,但你和我父亲是一辈儿的,家里有事,晚辈我该最后走。

家风如此,文风自然。

2013 年 4 月 9 日

后　记

　　收在这本书的文章，时间跨度有点长，从 1985 年到 2021 年，36 年。我最早没有想到，我会花这么多年这么多篇幅去跟踪研究一个作家，我写汪曾祺的文章，起初是自发的，因为喜爱，因为崇拜，所以写了一些。本书的附录《汪曾祺印象小辑》就是我历年来与汪曾祺先生接触之后的记录，都是自然而然发自内心写的，不是跟风或者赶潮流。

　　再后来的一些关于汪曾祺的论文，是被约稿约出来的，约稿的说，你和汪曾祺那么熟，写篇他的文章吧。这样陆陆续续写了十来篇，也出过一本小册子。这次江苏凤凰文艺出版社约稿，建议我出这本《汪曾祺十二讲》，我又新写了《汪曾祺与传统》《汪曾祺的现代性》《汪曾祺与〈史记〉》《汪曾祺的民间性》《吃相与食相》《〈桥边小说〉的"边"》《〈鉴赏家〉的

"赏"》等篇，多方面地去透视汪曾祺的文化密码。

由于写作的时间不一致，写作的方向也不尽相同，所以体例上也不尽一致，有的偏学术论文一点，有的则是纯粹的演讲记录，个别引文用了也不止一处。出书虽然可以做规范化处理，但我更喜欢文学的现场感，更喜欢"众声喧哗"，自己文章内部的不统一，也是内心波动的流露，因此基本保留原有面貌，让读者也感受到作者写作时的心绪和语境。

汪曾祺看似平淡，看似简约，却越读越有嚼头，我可能还会写一些文章，还会"讲"下去。五年前我曾经写过一篇《读着汪曾祺老去》的序言，现在要说的是，读汪曾祺，让我们没法老。他说，生活那么好玩，我说，汪曾祺那么好玩。"玩不够"的生活，读不够的汪曾祺，讲不够的汪曾祺。

记于 2021 年 3 月 5 日汪曾祺 101 周年诞辰

图书在版编目（CIP）数据

尘界与天界：汪曾祺十二讲／王干著. —南京：
江苏凤凰文艺出版社, 2021.5(2022.9重印)

ISBN 978-7-5594-5796-7

Ⅰ.①尘… Ⅱ.①王… Ⅲ.①汪曾祺(1920—1997)
-文学研究 Ⅳ.①I206.7

中国版本图书馆 CIP 数据核字(2021)第 071026 号

尘界与天界： 汪曾祺十二讲
王 干 著

出 版 人	张在健
责任编辑	尹 导 李 黎 项雷达
责任印制	刘 巍
出版发行	江苏凤凰文艺出版社
	南京市中央路 165 号, 邮编 : 210009
网 址	http://www.jswenyi.com
印 刷	苏州市越洋印刷有限公司
开 本	880 毫米×1230 毫米 1/32
印 张	9
字 数	180 千字
版 次	2021 年 5 月第 1 版
印 次	2022 年 9 月第 2 次印刷
书 号	ISBN 978-7-5594-5796-7
定 价	59.00 元

江苏凤凰文艺版图书凡印刷、装订错误，可向出版社调换，联系电话 025-83280257